MILENA
Verlag

REVISITED Band 2

HUGO BETTAUER

HEMMUNGSLOS

Roman

Mit einem Nachwort
von Peter Larndorfer

Milena Verlag

Das Buch

Desillusioniert und völlig verarmt kehrt der ehemalige Freiherr Kolomann von Isbaregg aus dem verlorenen Ersten Weltkrieg zurück und findet sich in der gesellschaftlichen Neuordnung nicht mehr zurecht: Weder seine adelige Herkunft noch seine militärischen Leistungen für die untergegangene k. und k Monarchie Österreich-Ungarn sind noch einen Deut wert. Isbareggs einziges Kapital sind seine guten Manieren und sein attraktives Äußeres, mithilfe derer er die vornehme Wiener Gesellschaft hemmungslos täuscht, um auf ihre Kosten ein standesgemäßes Leben zu führen. Betrug, Raub und Mord gehören fortan zum Alltag des gefallenen Adeligen, der trotz aller Zwiespältigkeit und vorsätzlicher Rohheit für kurze Momente einen letzten Funken sozialen Gewissens besitzt.

In seinen destruktiven Beziehungen zu Frauen spiegelt sich die Zerrissenheit Isbareggs wider, Sieger über die Moral bleibt aber seine Gier nach Status und Reichtum.

In seinem Kriminalroman *Hemmungslos*, einem Sittenbild der ersten Jahre der Zwischenkriegszeit, gelingt es Hugo Bettauer in grellen Bildern und überzeichneten Klischees die massiven, gesellschaftlichen Umwälzungen nach Ende des Ersten Weltkriegs darzustellen: Seine Welt der 1920er Jahre ist schwer gezeichnet vom Aufeinandertreffen unterschiedlicher Gesellschaftsentwürfe, von feministischem Aufbegehren versus erzkonservativer Rollenbilder und einem zutiefst wienerischen Antisemitismus.

Der Autor

Hugo Bettauer (1872–1925), geboren in Baden bei Wien, Gymnasium mit Karl Kraus, Schriftsteller und Journalist, konvertierte 1890 vom Judentum zum Protestantismus. Nach Arbeitsaufenthalten in Zürich, New York und Berlin, kehrte er nach Wien zurück, arbeitete für die Neue Freie Presse und spezialisierte sich auf Romane mit sozial engagierten Themen. 1922 erschien *Die Stadt ohne Juden* (1924 verfilmt von H. K. Breslauer mit Hans Moser), 1924 *Die freudlose Gasse* (1925 verfilmt von G.W. Papst mit Werner Krauß und Greta Garbo). 1925 wurde Bettauer, lange schon Zielscheibe antisemitischer Hetze, in seinem Büro in der Lange Gasse in Wien-Josefstadt von einem illegalen NSDAP-Mitglied erschossen.

Hugo Bettauer

1. Teil

I. Kapitel

Koloman Freiherr von Isbaregg oder Kolo Isbaregg, wie er sich seit der Neuordnung der Dinge nach dem Umsturz kurz nannte, ging langsam, schlaff, schleppend über den Graben und hatte Hunger. Er spielte förmlich mit diesem Bewußtsein des Hungerns, verstrickte sich in den Gedanken, nun schon den zweiten Tag nichts gegessen zu haben, und verhöhnte sich selbst damit. »Ich Kretin, ich Trottel hungere«, sagte er in sich hinein und machte dabei ein böses, hartes Gesicht.

Immerhin, als im Menschengewühl ein schönes blondes Mädchen, das förmlich nach Eleganz roch und eine Wolke von Anmut mit sich trug, an ihm vorbeischritt und ihn dabei unwillkürlich leicht streifte, da richtete er sich auf, straffte seine müden, ein wenig zusammengesunkenen Glieder, drehte sich um und schritt der Reizvollen nach. Aber die Gedanken kehrten zum Refrain »Ich hungere« zurück, er verlor die Gestalt aus den Augen und blieb müde an der Ecke des Equitable-Gebäudes stehen, griff mit der schlanken schmalen Hand nach der Schläfe und fühlte, wie der Hunger aus den Gedärmen und dem Magen nach oben in den Schädel kroch, wo er sich durch dumpfes Pochen und leichte Stiche bemerkbar machen wollte.

Kolo lachte so laut auf, daß Vorübergehende neugierig nach ihm starrten. Es fiel ihm ein, daß er eigentlich schon recht oft gehungert hatte, länger und schmerzlicher sogar, aber doch ganz anders als heute. In den Wintertagen des Jahres 1915 war er mit seinem ganzen Regiment bei irgendeinem furchtbaren Kampf um eine Karpatenhöhe drei Tage ohne Nahrung geblieben, dann wieder einmal auf der Hochfläche von Asiago, einmal bei einem Vormarsch in Albanien und ganz zum Schluß des Weltkrieges in der Höhe von fast 3000 Metern in den Tiroler Alpen. Aber was war das für ein Hunger gewesen! Ein herrlicher, heroischer Soldatenhunger, und man war umgeben von Kameraden und Soldaten, die ebenso hungerten. Es war ein Hunger, dem man laut fluchen und zürnen durfte und für den man Gott und die Welt, den blöden Generalstab und vor allem das Vieh von einem Divisionär verantwortlich machen konnte! Jetzt aber war das ein schäbiges, erbärmliches, einsames Hungern, das man verbergen mußte, wollte man sich nicht zum Straßendreck legen!

Und wie er so gewissermaßen mit seinem Hunger haderte und Zwiegespräche hielt, glitt die Vergangenheit an ihm vorbei, und er kaute sich die eigene Lebensgeschichte vor, wie es immer nur Menschen zu tun pflegen, wenn sie an Qualen würgen. Niemals beschäftigt man sich in den frohen und großen Augenblicken des Lebens mit der Vergangenheit.

Koloman Freiherr von Isbaregg war der letzte Sproß eines vornehmen, alten Geschlechts, das sich im Laufe der Jahrhunderte mit böhmischem und magyarischem, mit polnischem und sogar türkischem Blut gemischt hatte. Je seltsamer und exotischer aber die Frauen beschaffen waren, die sich den steierischen Baronen zu Isbaregg ins Ehebett legten, desto fahriger, toller und hemmungsloser wurden die nachkommenden Männer, bis Gut auf Gut, Schloß auf Schloß und Kleinod auf Kleinod ihren Händen entschwand und schließlich von Kaiser Josefs Zeiten an die Isbareggs als tapfere Offiziere in der jeweiligen kaiserlichen Armee ihr ehrenvolles, aber karges Brot verdienten. Und da wurde denn schließlich das Blut ruhiger und dünner, und von den letzten drei Isbareggs brachte es einer nach dem anderen zu hohem militärischem Rang. Kolomans Vater war sogar als Feldzeugmeister gestorben, und seine Frau, eine rötlichblonde Böhmin, konnte es gar nicht fassen, als nach dem großartigen Leichenbegängnis des Exzellenzherrn der kleine, eben zehn Jahre alt gewordene Kolo ihr mit fast wilder Entschlossenheit sagte: »Ich will nicht Offizier werden, ich will reich werden und in die Welt hinaus gehen!« Ein alter Onkel aber, der zum Vormund bestellt war, willigte kurz entschlossen ein. »Wenn ein Isbaregg mit zehn Jahren etwas will und dabei mit dem Fuß aufstampft«, meinte er, »dann ist er eben ein Isbaregg, wie sie früher gewesen sind, und man kann ihn brechen, aber nicht biegen!« Und kopfschüttelnd blätterte der alte pensionierte General in einer Mappe, die die Kopien der längst verkauften und in alle Welt verstreuten Gemälde derer von Isbaregg enthielt, so lange, bis er den kleinen Kolo in einem alten Raubritter aus dem vierzehnten Jahrhundert wiederfand. Dieselben glutvollen schwarzen Augen, derselbe feingeschwungene, harte und energische Mund, die leichtgebogene schmale Nase und dieselbe hohe, trotzige Stirn.

So kam denn Koloman nicht in die Kadettenschule, sondern in das Theresianum, wo er einen Freiplatz erhielt, während seine Mutter sich in das billige, behagliche Pensionopolis Graz zurückzog und starb, gerade als Kolomann mit Auszeichnung maturierte. Der junge Herr hatte aber inzwischen seine Vorliebe für die technischen Wissenschaften entdeckt, und mit Einwilligung des Vormundes verwendete er die paar tausend Kronen, die ihm die Mutter hinterlassen hatte, um sich privat für die Realschul-Matura vorzubereiten und dann die Technische Hochschule zu absolvieren.

Isbaregg ging in der warmen Maisonne fröstelnd die Kärntnerstraße entlang, murmelte wieder wütend sein »Ich hungere« in sich hinein und haspelte die vergangenen Jahre weiter ab. Kaum hatte er die Technik hinter sich, als er sich auch schon dem Leben mit offenen Armen entgegenwarf.

Der Rektor, der die außerordentliche Begabung und die

zähe, fast brutale Energie des jungen Mannes schätzte, verschaffte ihm eine Anstellung in einer schottischen Maschinenfabrik. Und Kolo stählte sich am Leben, arbeitete, jagte den Fußball über den Grund, lernte Boxen wie ein Matador, leistete Ersprießlichstes in seinem Beruf und – begann zu entdecken, daß es außer Macht, Reichtum und Freiheit noch eines gab, was das Leben köstlich macht: das Weib! Der schöne, schlanke Jüngling mit dem exotischen, brünetten Gesicht und den immer wie im Fieber glimmernden schwarzen Augen, die überlange Wimpern seltsam beschatteten, gefiel den jungen Mädchen und den reifen Frauen in Edinburgh wie in London, in Dublin wie in Glasgow, und mit unersättlicher Gier, der nur sein überlegener Zynismus die Balance hielt, stürzte er sich in tolle Abenteuer, aus denen er sieghaft, die Frauen mit bitterem Schmerz hervorgingen. Mit dreiundzwanzig Jahren folgte der junge Ingenieur, dessen bedeutende Befähigung in Fachkreisen bekannt wurde, einem Ruf nach Paris; dort blieb er zwei Jahre, arbeitete tagsüber wie ein Zugtier, trank, spielte und jubelte nachts wie ein privatisierender Lebemann und trat dann eine leitende Stellung in Kanada, in Toronto, an.

Dort überraschte ihn nach drei Jahren der Krieg. Und statt ruhig, von stolzen Frauen geliebt, von den Männern geachtet, in Kanada zu bleiben, ließ er sich, vom furor teutonicus ergriffen, geweckt und getrieben von der Stimme seiner rauflustigen Ahnen, nicht halten, fuhr nach New York, schlug sich auf abenteuerliche Weise mit falschen Papieren nach Holland durch und konnte schon im November als Leutnant bei den Kaiserjägern die erste Schlacht in den Karpaten mitmachen. Kühnes Draufgängertum, gepaart mit kaltem, nüchternem Urteil, Todesverachtung und zähe Widerstandsfähigkeit trugen ihre Früchte, und als Koloman Freiherr von Isbaregg im Oktober 1918 als Hauptmann sein Bataillon von Italien heimwärts brachte, da schmückte seine Brust ein Dutzend der höchsten österreichischen, deutschen, bulgarischen und türkischen Tapferkeitsmedaillen.

»Und jetzt hungere ich und kann verrecken wie ein Hund oder mit Zeitungen hausieren wie ein arbeitsloser Ziegelschnupfer«, murmelte Kolo halblaut und würgte den Hunger zurück, der ihm in den trockenen Gaumen trat.

Der Zusammenbruch der Monarchie war auch sein Niederbruch. Zuerst lebte er wie in dumpfer Betäubung in den Tag hinein. Ein paar Monate bekam er noch die Gage, dann die Abfertigung, dann ließ sich ein Diamantring vorteilhaft verkaufen, dann die goldene Uhr, eine Nadel, schließlich der Feldstecher und die Kamera. Bis nichts mehr zum Verkaufen da war und er eines Tages buchstäblich als Bettler in seinem möblierten Zimmer erwacht war. Und nicht mehr Koloman Freiherr von Isbaregg hieß, sondern einfach Isbaregg, denn der Adel war eben abgeschafft und verboten worden. Unmöglich, in dem verarmten, kohlen- und industrielosen Land eine Stellung zu bekommen, unmöglich, dem Käfig zu entrinnen und auszuwandern, nichts mehr an Hab und Gut als die verschlissene feldgraue Uniform ohne Distinktion, keine Verwandten, die helfen konnten, die alten Kameraden in ähnlicher Armut wie er. Allerdings – in der aufstrebenden Tschechoslowakei hätte es für den tüchtigen Ingenieur bald Arbeit genug gegeben. Aber auch dieser neue Staat blieb ihm verschlossen, dort stand er auf der Proskriptionsliste derer, die mehrfach tschechischen Meuterern mit der Pistole entgegengetreten waren und rasche Feldjustiz auf eigene Faust geübt hatten.

Gestern hatte ihm die Zimmervermieterin mit aufrichtigem Bedauern mitgeteilt, daß sie ihm nicht länger Kredit gewähren könne, sondern gezwungen sei, sein Zimmer anderweitig zu vergeben, wenn er nicht sofort bezahlen würde. Wie ein geprügelter Hund war er davongeschlichen, als Pfand den Handkoffer mit ein paar Stücken schmutziger Wäsche zurücklassend. In der Tasche noch etliche Kronen. Die lauwarme Nacht hatte er in einem Park auf einer Bank zugebracht, die paar Kronen nach schwerem Kampf heute beim Barbier gelassen. Und nun war es Mittag, er hatte seit vierundzwanzig Stunden nichts gegessen und rief sich brutale Schimpfworte wie Trottel, Vieh dummes, patriotischer Kretin zu. Und dachte: »Nun habe ich zwei Möglichkeiten, entweder ich gehe in den Stadtpark und schieße mir unter einem Baum eine Kugel durch den blöden Kopf oder ich verkaufe die Pistole, esse mich satt und gehe dann zu einer Zeitung, um mich als Kolporteur anwerben zu lassen. Man soll davon leben können, besonders wenn man den ehemaligen Offizier herauskehrt. Ich kann mir das Eiserne Kreuz erster Klasse und den Leopolds-Orden anstecken, das wird Eindruck machen. Halt, das kann ich nicht, denn die Orden liegen in der Lederergasse bei meiner Wirtin, und die gibt sie sicher nicht heraus, bevor ich zahle.«

Kolo schlenderte die Kärntnerstraße zurück, ging über den Graben und blieb vor der Auslage eines Delikatessengeschäftes stehen. Sardinenbüchsen, Spargel, Feigen, Mandeln, Orangen und allerlei Backwerk lagen da ausgebreitet, und er fühlte, wie ihm schwarz vor den Augen wurde. »Ich könnte ja auch in den Laden treten, rechts und links Fausthiebe austeilen, Eßbares an mich reißen und mich dann verhaften lassen. Das würde Aufsehen machen, und die ›Neue Freie Presse‹ würde vielleicht einen Leitartikel schreiben und sagen ›es brennt in den Eingeweiden unserer Helden‹ und eine Sammlung veranstalten. Aber ich glaube, es geht nicht, weil ich mich sehr schwach fühle und die Verkäufer mich verprügeln würden.«

Während er noch immer in die Auslage starrte und seine

Augen sich an einem Topf voll Thunfisch in Öl festsaugten, verließ eine Dame, beladen mit kleinen Paketchen, das Geschäft. Eines der Päckchen entglitt ihren Händen, Kolo sprang hinzu, hob es auf und reichte es ihr. Die Dame dankte und sah ihn an, und ihre feuchten, ein wenig hervorquellenden Augen blieben mit Wohlgefallen auf dem schlanken, sehnigen Körper des hochgewachsenen Offiziers haften und bekamen etwas Gieriges, als sie das scharfe, bleiche Gesicht mit dem brennenden Blick überflogen. Sie selbst war klein, vollbusig, ein wenig geschminkt und sicher gut zehn Jahre älter, als sie erscheinen wollte.

Kolo Isbaregg erwiderte den Blick mit weit weniger Wohlgefallen. »Widerliches Judenweib«, dachte er und ging. Aber sie, die vor ihm herschritt, drehte sich um und sah ihm mit dem schamlosen Blick des alternden, von unbefriedigter Sinnlichkeit verwüsteten Weibes voll ins Gesicht. Das Wort vom »Augenwerfen« wurde da fast sinnfällig. Sie stielte förmlich die feuchten Augen, und Kolo hatte das Gefühl, als wenn sie ihn bittend und heischend abtasten würden. Da vereinigten sich der wütende Hunger und die Einsamkeit und auch die geschmeichelte Eitelkeit und trieben ihn an, der vollbusigen kleinen Dame, die in allem das Gegenteil seines die Schlanken und Feinen verehrenden Geschmackes war, nachzugehen.

Sie schritt die Kärntnerstraße abwärts und blieb plötzlich vor einer Auslage stehen. Kolo, dicht neben ihr, fühlte ihren heißen Atem und den weichen, vollen Arm, der sich unauffällig an ihn drängte. Und da war sein Entschluß gefaßt. »Geh«, sagte er sich, »greif zu, das Weib hat Geld, wahrscheinlich viel Geld und vielleicht eine schöne Wohnung, in der du ausruhen und essen kannst.« Essen, ja essen, Himmel, der Speichel sammelte sich im Mund vor Hunger, und es dröhnte ihm in den Ohren. Ja, aber, sie wird ihren Lohn verlangen, wird sich in seinen Armen wälzen und an seinen Lippen festsaugen wollen. Brr, wie grauslich! Aber essen können und ausruhen und vielleicht ein Bad nehmen und Geld, Geld ... »Zuhälter!« rief es ihm zu. »Koloman Freiherr von Isbaregg, weißt du, wie du früher über Männer, die Liebe für Geld verkaufen, gedacht hast?« »Quatsch«, antwortete Kolo sich. »Das war der Baron mit den vielen Ahnen und der großen Karriere vor Augen! Heute bin ich der obdachlose Isbaregg, der seit vierundzwanzig Stunden nichts gegessen hat und die Welt von unten aus ansieht. Essen muß der Mensch, essen und sich ausruhen und Geld haben – alles andere ist Wurst! Geh mit, iß dich an und spiel dann den Zechpreller! Das kann lustig werden – hui, wird die Jüdin toben!«

Kolo schmunzelte vergnügt, und die Dame, die sich immer wieder umsah, fing das Grinsen geschmeichelt auf, sie hielt es für eine Huldigung und quittierte mit einladendem Lächeln.

Bei der Oper blieb sie stehen und wartete auf eine Elektrische. Kolo geriet in Verlegenheit. Er konnte nicht mitfahren, weil er keinen Heller besaß! Aber an der Haltestelle lagen zahllose weggeworfene Umsteigkarten, die er kurz entschlossen zusammenraffte und in die Tasche steckte. Eine würde schon gültig sein, und wenn nicht – ach, was sich den Kopf zerbrechen – er mußte ja mitfahren, er mußte essen!

Bumsvoll kam der Wagen an, und die Dame drängte sich mühsam hinein. Kolo dicht hinter ihr. Eng aneinandergepreßt standen sie auf der Plattform, und sie wich nicht aus, sondern preßte sich gegen ihn, schmiegte den Busen an seine Hüfte. Kolo begann an dem Abenteuer Gefallen zu finden. Seine Hand glitt die feisten Hüften entlang, preßte die bebenden Schenkel, fühlte die Hitze, die aus dem dünnen Seidenrock strömte. Und die Dame schloß die Augen und lehnte sich tief atmend ganz gegen ihn.

Der Schaffner kam, und Kolo reichte ihm eine ganze Handvoll zerknüllter Zettel. »Einer muß der richtige sein«, murmelte er. Er hatte Glück, gleich die erste Karte wurde für gut befunden. Die Dame vereinigte die vier oder fünf Päckchen mühsam und zitternd unter einem Arm, öffnete das goldene Täschchen, entnahm ihm eine Damenbrieftasche und dieser einen Zweikronenschein. Unwillkürlich hatte Kolo die Prozedur beobachtet, und er sah in der Tasche Banknoten, viele Banknoten. Er hielt den Atem an und befeuchtete mit der Zunge die trockenen, brennenden Lippen. Und seine Hand glitt wieder abwärts und blieb an dem fetten Frauenschenkel unter der Goldtasche haften. Noch mehr Leute stiegen ein, und die Frau konnte sich unauffällig noch enger an ihn drängen, er noch fester mit den Fingern das Fleisch betasten.

Der Wagen war auf dem Rainerplatz angelangt, und sie traf Anstalten, auszusteigen. Sie schob sich zum Trittbrett hin und sah Kolo lächelnd und siegessicher an. »Du kommst mit, schöner Mann«, sprach ihr Auge. In Isbaregg wurde aber im Bruchteil einer Sekunde eine flüchtige Idee zum Entschluß und der Entschluß zur Tat. Er drängte nach, blitzschnell öffnete er mit zwei Fingern den Bügel der Goldtasche, der er langsam das Portefeuille entnahm. Hochrot schritt die Dame dem Brahmsplatz zu, sie merkte nicht, daß die Goldtasche offenstand, sie merkte nicht einmal, daß eines der Päckchen abermals zu Boden fiel und von einem halbwüchsigen Burschen rasch aufgehoben wurde, sie sah sich nur immer wieder nach dem schlanken großen Mann mit den sehnigen Gliedern und der kühnen, edlen Hakennase um.

Kolo ging jetzt in respektvoller Entfernung nach, wartete, bis sie um die Ecke bog, machte kehrt und eilte mit Riesensätzen die Wiedner Hauptstraße entlang, bis ihn das Menschengewühl verschlungen hatte. Bei der Oper erst verlangsamte Kolo sein Tempo, sah sich rasch um und betrat eines der Kaffeehäuser. Er begab sich, ohne die Verbeugung des Kellners zu beachten, direkt in den Toilettenraum, verriegelte die Türe hinter sich und riß das Portefeuille aus der Hosentasche. In seinen Fingern knisterten die Scheine. Da, in diesem Fach lagen schmutzige, abgebrauchte, erbärmliche Zwanzig-, Zehn- und Zweikronenscheine, da aber wuchsen ihm Tausender und Hunderter entgegen. Und Kolo, in dessen Hand die Pistole niemals gezittert hatte, wenn er beim Angriff an der Spitze seiner Leute mit langen Sätzen hinüber zum feindlichen Drahtverhau gestürmt war, mußte sich gewaltsam zur Selbstbeherrschung aufraffen, mußte drei-, viermal beginnen, bevor er ruhig zählen konnte. Dreißig Stück Tausender, vier Hunderter und die kleinen Noten – das war die Beute!

»Beute«, dachte er. Und es fiel ihm ein, daß vor noch gar nicht langer Zeit das Wort Beute eine ganz andere Bedeutung gehabt hatte, einen ordentlichen Amtscharakter, daß es Beutezüge, Beuteverteilungsstellen und sogar Beuteprämien gegeben hatte. Jetzt hatte er Beute auf eigene Faust gemacht.

II. Kapitel

Nun aber essen, essen! Kolo warf dem Kellner einen Zweikronenschein zu, verließ das Café und begab sich zu Hartmann, wo er früher, wenn er in Wien auf Urlaub gewesen war, so gerne gespeist hatte.

»Kellner, rasch eine Suppe und dann einen Fisch und dann irgendeinen Braten mit Salat und Kompott, nur rasch, rasch, wenn Sie ein gutes Trinkgeld haben wollen!« Und er aß langsam mit Beherrschung, trank in kleinen vorsichtigen Schlucken den Wein, schlürfte mit unendlichem Behagen den Mokka und blies mit sybaritischer Wollust den Rauch der importierten Zigarette vor sich hin, zahlte und ging. Nicht mehr müde und gebeugt und kraftlos, sondern aufrecht, gestählt, voll Leben. Ging mit federnden Schritten den Ring entlang, freute sich unterwegs des Maiengrüns der Ahornbäume und lachte laut auf, wenn er an die vollblütige Dame dachte, der ihr Mittagsmahl wesentlich weniger gut geschmeckt haben mochte als ihm.

Seine Wirtin in der Lederergasse begrüßte ihn mit verlegener Zurückhaltung, die aufrichtiger Freude Platz machte, als ihr Isbaregg frohgelaunt zurief: »Die Rechnung, liebe Frau, ich will meine Schuld begleichen und mich dann ausruhen!« Und um ihre Neugierde zu befriedigen, erklärte er leichthin: »Endlich habe ich im Kriegsministerium meine rückständigen Gebühren bekommen, nun kann man eine Zeitlang wieder existieren!«

In seinem Zimmer allein, untersuchte Kolo nochmals die Brieftasche. Aus drei gleichen Visitenkarten konnte er den Namen der getäuschten Frau entnehmen, Selma Rosenzweig, Kommerzialratswitwe. »So sieht sie aus, ganz so!« Ein Posterlagschein, eine quittierte Rechnung, und da in der Ecke ein silbernes Zweikronenstück. Er lächelte: »Silbergeld, das hat man hier lange nicht gesehen, wahrscheinlich als Talisman aufbewahrt. Na, hoffentlich bringt es mir mehr Glück als der geliebten Selma!« Und er schob die Münze in die Westentasche. Das Papiergeld steckte Kolo in seine eigene Brieftasche, die der Frau Rosenzweig warf er in den Ofen, gab Papier dazu und ließ sie in Asche aufgehen.

Es wird oft und gerne behauptet, daß dieser oder jener Mensch durch die Schrecken eines Abenteuers, durch gewaltigen Schmerz, durch eine furchtbare seelische Erschütterung ganz plötzlich, über Nacht, grau wurde oder sogar innerhalb einer Stunde weiße Haare bekommen habe. Und es ist ein beliebtes Ausfluchtsmittel für Romanschriftsteller, ihre Helden eine völlige Umwandlung des Charakters erleben zu lassen, als Folge einer bösen Enttäuschung oder argen Kränkung. Beides wird so oft erzählt, daß es allgemein geglaubt wird, und doch wird sich schwerlich jemand melden können, der dergleichen selbst erlebt, erfahren oder wenigstens persönlich beobachtet hat Und wenn sich auch solche Fälle ereignen, so wird die exakte Untersuchung immer ergeben, daß es sich eigentlich nur um die Beschleunigung eines ohnedies schon wirkenden Prozesses gehandelt hat. Der Mann, der im Urwald, von wilden Bestien bedroht, weiße Haare bekommt, wäre sicher auch ohne dieses Ereignis sehr bald weiß geworden, weil eben sein Haarboden krank war. Und die Frau, die die Untreue des Geliebten bösartig, gemein, schamlos und grausam macht, die war eben nie so sanftmütig und edel, wie es der Schriftsteller glauben machen will, sondern alle die peinlichen Eigenschaften waren längst in ihr, kamen aber nicht zum Ausbruch. weil kein Anlaß dafür vorhanden war, und die Untreue und Kränkung hat sie nicht erzeugt, sondern nur geweckt.

Auch Kolo Isbaregg, der gestern noch ein tadelloser Ehrenmann gewesen war, hätte den Taschendiebstahl des heutigen Tages sehr gut und gerne mit seiner grausamen Notlage, der Verwirrung und Erschütterung seiner Sinne durch den erlittenen Hunger entschuldigen können, wenn er ein kleiner Dutzendheuchler gewesen wäre. Er hatte aber gar keine Lust, sich vor sich selbst zu entschuldigen, sondern betrachtete seine Handlungsweise als ganz vernünftig und berechtigt, als moralisch sogar, wenn man den Trieb, sich selbst zu erhalten, als normal und zulässig anerkennt.

Er legte sich auf die mit einem schäbigen, geflickten Teppich bedeckte Chaiselongue, kreuzte die Arme unter dem

Kopf und gab sich einer gründlichen Aussprache mit sich selbst hin, die zugleich programmatische Bedeutung hatte.

Und er spann folgenden Gedanken aus: »Daß alle Moral ein vollständig labiler Begriff ist, haben die Moralpächter der ganzen Welt, die Führer, Lenker und Lehrer der Menschheit am lautesten bewiesen. Plötzlich wurde aus dem Mord eine Tugend, aus dem Diebstahl eine Selbstverständlichkeit, und Brandlegung, Raub, Entführung, Erpressung und Gewalttätigkeit waren ganz ihres verbrecherischen Charakters entkleidet worden und wandelten sich zu lustigen Streichen oder Beweisen von Schneidigkeit und Energie. Die ganze christliche Heilslehre wurde mit einem Schlag beiseite gelegt, ja, jemand, der es wagte, noch weiterhin als Christ leben zu wollen, wurde als Verbrecher gemartert, eingekerkert oder gar aufgehängt. Weil nämlich an Stelle des Christentums der Patriotismus getreten war. Das führte zu einem konstanten Selbstbetrug drolligster Art und wandelte sonst ganz vernünftige Leute in Kretins. Der russische Bauer, der für eine Handvoll Kronen sein Vaterland verriet und uns die Stellungen seiner Landsleute offenbarte, war ein anständiger, braver Kerl, dem man zärtlich die Schulter klopfte. Und wir alle waren von der Bravheit dieses Mannes überzeugt und bereit, den, der an seine Anständigkeit nicht glauben wollte, einen vaterlandslosen Gesellen zu nennen. Der ruthenische Bauer aber, der nach den Gesetzen der Grenzpfähle ein sogenannter Österreicher war, wurde, wenn man erfuhr, daß er eine russische Patrouille geführt hatte, glattweg für einen elenden Schurken erklärt und aufgehängt.

Die Labilität aller Moralbegriffe wurde aber auch weiterhin und in sehr lustiger Weise erhärtet. Hätte ich am 29. September 1918 in anständiger Gesellschaft erklärt, daß ich den Kaiser Karl für einen charakterlosen Menschen halte und ich mir wegen Istrien nicht einen Fingernagel krümmen lassen wolle, so wäre ich als Lump und ehrloser Geselle betrachtet worden. Hätte ich aber fünfzig Tage später in derselben Gesellschaft erklärt, daß ich kaisertreu bin und bereit, für den Besitz von Cattaro zu sterben, so würde man mich als suspektes Individuum und als Trottel ebenso verachtet haben. Es ist also gar nicht wahr, daß man überhaupt nicht stehlen, morden, Eide brechen darf, sondern es ist das alles eine schöne Tugend, wenn es von irgend jemandem, der sich geschickt in den Vordergrund gestellt hat, erlaubt wird. Nicht Gott, nicht Christus, nicht eine höhere übersinnliche Macht diktiert die Moralbegriffe, sondern einzig und allein die Zweckmäßigkeit der Stunde, vom Standpunkt des Herrn Meier oder Müller betrachtet oder einer Gruppe Meiers oder Müllers.

Auf diesen Schwindel, auf diesen faulen Handel mit Moral möge nun die große Menschenherde ruhig eingehen; tut es der einzelne nicht, so riskiert er zwar, von den Müllers und Meiers totgeschlagen zu werden, aber er hat gar keine Ursache, sich vor sich selbst zu schämen und Reue zu empfinden. Diese Erkenntnis weist mir den Weg für die Zukunft. Ich werde das Risiko, von den Meiers erschlagen zu werden, nach Tunlichkeit vermeiden, aber sonst nach meinen eigenen Zweckmäßigkeitsbegriffen leben. Ich werde mich nicht mehr durch die alten Ammenmärchen narren lassen, denn ich habe hinter die Kulissen geschaut und weiß jetzt, daß die frommen Biedermannsbärte nur aufgeklebt und die heiligen Mienen geschminkt sind. Man spielt heute Christus und morgen den Judas. Tell und Geßler sind ein und dieselbe Person, und das Weib, das heute das Gretchen spielt, mimt morgen die Salome. Das Publikum wird immer Beifall brüllen, wenn nur gut gespielt wird. Nun, ich werde gut spielen!«

Der nächste Tag war ein sehr geschäftiger. Kolo kaufte sich einen Sommeranzug, Wäsche, Schuhe, Hut; er wandelte sich aus einem Heimkehrer in einen eleganten Herrn und zog am

Nachmittag in die Pension Metropolis am Schwarzenbergplatz, wo er für ein elegantes Zimmer samt Verpflegung den stattlichen Preis für einen Monat voraus erlegte. Es blieb ihm von dem der aufgeregten Kommerzialratswitwe abgenommenen Geld nur mehr eine recht bescheidene Summe, aber ein Monat anständigen Lebens war gesichert, und in dieser Zeit konnte manches geschehen.

III. Kapitel

Die Pension Metropolis nahm eine ganze Etage des Wohnpalastes auf dem Schwarzenbergplatz ein und war berühmt wegen ihrer guten Küche und der exquisiten Gesellschaft, die sie beherbergte. Jetzt allerdings gehörte die Mehrzahl der Pensionäre zu den Versprengten, zu Leuten, die ihr Heim irgendwo in Galizien, in Ungarn, in Dalmatien oder Bosnien gehabt hatten und nun in Wien die neue Zeit, die Möglichkeit der Rückkehr oder der Gründung eines eigenen Hausstandes abwarteten. Schwere Kriegsgewinnler hausten neben Leuten, die ihr letztes Bankdepot verzehrten, Künstler, die in Wien gastierten, junge Ehepaare, die keine eigene Wohnung finden konnten, Junggesellen, die wohlhabend waren, aber doch die enormen Gasthauspreise nicht erschwingen konnten, und nebenbei junge schöne Frauen, denen von weiß wem die Pension bezahlt wurde. Allerdings hielt Frau Doktor Schlüter, die norddeutsche Inhaberin der Pension Metropolis, streng auf Sauberkeit. Herrenbesuche waren für Damen, Damenbesuche für Herren nur in den Gesellschaftsräumen zulässig, und Damen, die die Grenze von der ganzen zur halben Welt allzu deutlich überschritten, wurden nicht aufgenommen oder auf diskrete Weise zum Auszug bewogen.

Sonst aber ging es in der Metropolis recht behaglich zu. Nach dem Souper versammelten sich die Pensionäre gewöhnlich in dem Salon, es wurde musiziert, geplaudert, geraucht, und oft genug kam es vor, daß lange nach Mitternacht die guten, wenn auch sehr kostspieligen Weine aus dem Keller der Pension batterieweise anmarschieren mußten.

Kolo Isbaregg wurde allgemein als sehr angenehmer Zuwachs betrachtet. Der schöne, große Mann mit den energischen, feinen Gesichtszügen gefiel den Männern und entfesselte Brände in den Herzen der Damen, denen der ehemalige Offizier aus dem altadeligen Geschlecht mit dem Nimbus der Vornehmheit, aber auch des Romantisch-Abenteuerlichen umflossen schien. Als gar das Fräulein Cleo Holthaus, eine ältliche, ununterbrochen Stilleben malende Jungfrau, die alle Skandalgeschichten von Wien kannte und ein unheimliches Gedächtnis für Namen, Telefonnummern und andere Nebensächlichkeiten besaß, sich erinnerte, in der »Neuen Freien Presse« seinerzeit von der abenteuerlichen Flucht des Baron Isbaregg aus Kanada gelesen zu haben, da begannen die Herzen all der schönen und weniger schönen Frauen und Mädchen, die an der großen hufeisenförmigen Tafel saßen, heftig zu schlagen, wenn Kolo erschien und sich nach einer vollendet weltmännischen Verbeugung zwischen der zaundürren Konsulsgattin und einer geschiedenen jungen Frau Albari, die rassig und pikant aussah, niederließ.

Im Salon wurde Kolo Isbaregg ganz von selbst, ohne sein Zutun, ja trotz seiner merklichen Zurückhaltung der Mittelpunkt, um den sich alles gruppierte. Sogar der amerikanische Heldentenor der Oper, Mr. William Williams, ein gewaltiges Stimmvieh und sonst ein recht gutmütiger Tölpel, wurde von ihm in den Hintergrund gedrückt, und der Maler Horatius Schreigans, der in der Sezession die ungeheuerlichsten Erotika ausstellte, zählte überhaupt nicht mehr, seitdem Isbaregg die Unterhaltung beherrschte oder wenigstens durch seine witzigen und boshaften Bonmots würzte.

So verbrachte Kolo nun schon einen halben Monat recht behaglich in der Pension Metropolis, und er hätte gerne noch recht lange Zeit die Tage und Nächte müßig verbummelt – um so mehr, als die Türe der jungen geschiedenen Frau nachts für ihn offenzubleiben pflegte, aber sein Geld schmolz dahin, und er wußte, daß er eine neue Tat unternehmen müsse, wollte er nicht wieder in die Not und Armut der vergangenen Wochen zurückversinken.

Ihm gegenüber saß am Tisch der Pension Metropolis der alte Herr Geiger, ein Schieber und Kriegsgewinnler schlimmster Sorte, ein Harpagon, wie ihn Molière nicht drastischer entwickeln konnte. Dieser Herr Geiger hatte durch dubiose Vermittlungsgeschäfte zu den Millionen, die er schon früher besessen, ein Dutzend weitere errafft; mit dem Scharfsinn des Menschen, dessen ganzes Gefühlsleben auf den Gelderwerb gerichtet ist, hatte er den unausbleiblichen Zusammenbruch der österreichischen Valuta vorausgesehen, in Devisenspekulationen abermals Millionen verdient und rechtzeitig den größten Teil seines mobilen Vermögens mit Hilfe gefälliger diplomatischer Agenten, wie sie damals von einer von Gott und jeder Vernunft verlassenen Regierung dutzendweise verwendet wurden, rechtzeitig nach der Schweiz gebracht und so vor der Vermögensabgabe gerettet. Was ihn nicht abhielt, über jede Besteuerung, der er sich nicht entziehen konnte, herzerweichend zu klagen, wie er sich überhaupt aus Mißtrauen und wohl auch aus Aberglauben gerne für einen ruinierten alten Mann ausgab, der im Begriff sei, den Rest seiner Habe in der sündhaft teueren Pension zu verzehren. Dabei kam er mehr als alle anderen Pensionäre auf seine Rechnung, denn zwischen seinen billigen falschen Zähnen verschwanden die größten Portionen, jede Schüssel mußte ihm zweimal gereicht werden, und seine Tischnachbarn schworen, daß er regelmäßig Tortenstücke und andere eßbare Dinge in den weiten Taschen seines schäbigen Lüsterrockes verschwinden lasse. Frau Dr. Schlüter hätte denn auch den unbequemen, ewig nörgelnden Gast, den niemand leiden mochte, am liebsten vor die Türe gesetzt, wäre nicht jetzt eben der Sommer nah gewesen und hätten in dieser Zeit nicht immer mehrere Zimmer leergestanden.

Isbaregg begann sich zu dieser Zeit mit Herrn Geiger näher zu befassen. Nach Tisch ließ er sich mit ihm in politische und finanzielle Auseinandersetzungen ein, und der alte Mann fand an diesen Gesprächen um so mehr Gefallen, als Kolo sich als aufmerksamer Zuhörer erwies, selbst ein sehr scharfes Urteil entwickelte und den zynisch-exzentrischen Lebensanschauungen des Millionärs gerne beipflichtete. Isbaregg wieder profitierte von den gründlichen Kenntnissen des anderen, der in allen finanzpolitischen Fragen zu Hause und in nationalökonomischen Dingen von profunder Bildung war. Über sich selbst schwieg sich Geiger gründlich aus, nur ganz flüchtig erwähnte er einmal, daß er seinen armen Verwandten zum Trotz noch recht lange zu leben beabsichtige. Mit einem hämischen Lachen fügte er hinzu: »Und wenn ich auch das bißchen Geld, das ich habe, nicht in den Sarg mitnehmen kann, so werde ich schon dafür sorgen, keine lachenden Erben zu hinterlassen. Man kann ja auf dem Totenbett Kavaliersanwandlungen haben und eine wohltätige Stiftung gründen, zum Beispiel ein luxuriöses Asyl für alternde Droschkenpferde oder ein Sommerheim für Berufsathleten.«

Eines Nachmittags, als Kolo gerade nach Hause kam, hörte er aus dem Zimmer Geigers heftigen Wortwechsel. Die Türe ging auf, und heraus trat ein junges hübsches Mädchen, das schluchzend ein Tuch vor die Augen drückte und dem Ausgang der Wohnung zueilte. In diesem Augenblick tauchte auch Frau Schlüter aus dem Halbdunkel der Vorhalle auf, und als sie das verwunderte Gesicht Isbareggs sah, winkte sie ihn in den Salon und erklärte die Situation.

»Ich muß gestehen, daß ich unwillkürlich gehorcht habe, und was ich hörte, ist wirklich dazu angetan, meine Antipathie gegen den alten Geizhals noch zu vergrößern. Das Mädchen, das ihn jetzt verließ, ist seine Nichte, die Tochter seiner verwitweten armen Schwester, die von ihrer elenden Lehrerpension lebt. Das Mädchen ist seit Jahren mit einem armen, aber braven und tüchtigen jungen Menschen, der eben Arzt geworden ist, verlobt und bat den Onkel unter Tränen, ihr ein paar tausend Kronen zu borgen, damit sie heiraten und einen Hausstand begründen könne. Wissen Sie, wie dieses alte Tier ihr geantwortet hat? Ein so hübsches Mädchen wie du braucht keinen armen Schlucker zu heiraten! Wenn du willst, so schenke ich dir Geld für ein hübsches Kleid, damit du in Gesellschaft gehen und auf vernünftigere Weise Karriere machen kannst.«

Kolo schüttelte sich, begab sich nach seinem Zimmer und ging dort lange auf und ab. Sein Entschluß war gefaßt, und etwaige Bedenken zerstreute er im Verlaufe seiner Unterhaltung mit sich selbst, die in folgender Betrachtung gipfelte:

»Dieser Herr Geiger ist vor Gott und den Menschen ein Ehrenmann. Er hat sein ganzes Leben lang geraubt, gewuchert und betrogen, aber immer im Rahmen der Gesetze, und sicher niemals einer Dame das Portemonnaie gezogen. Infolgedessen ist er dem Staat heilig und unantastbar, und wenn ich anderer Meinung bin und ihn als schädliches Insekt vertilge, so wird man mich, wenn ich mich dabei erwischen lasse, als Mörder verurteilen. Ich füge mich aber dieser abstrus und toll gewordenen Logik nicht, werde ihn zu meinem Heil und zu dem anderer vernichten und mich eben nicht erwischen lassen.«

Am selben Abend zog sich Kolo Isbaregg mit Herrn Geiger nach Tisch in eine Ecke zurück und sagte ganz leichthin:

»Ich habe heute durch meinen Vetter, den Unterstaatssekretär im Finanzdepartement, etwas erfahren, was auch Sie interessieren dürfte. Natürlich kann ich Ihnen, wenn ich meinem Vetter nicht Ungelegenheiten bereiten will, die Sache nur sehr vertraulich mitteilen. Es steht nämlich die Vermögensabgabe unmittelbar bevor, und in den nächsten Tagen schon wird wieder eine allgemeine Bankkonto- und Safe-Sperre verfügt werden.«

Geiger wurde ganz zitterig und nervös, der Speichel trat ihm in den Mund, und geifernd fragte er:

»Ist das auch ganz sicher, was Sie da sagen?«

»Herr, ich bin ja kein dummer Junge! Wenn ich etwas sage, so weiß ich, was ich rede! Übrigens müssen Sie es ja nicht glauben!«

»Gut, gut«, begütigte der Alte. »Natürlich glaube ich es, muß es um so eher glauben, als ja die Finanzen dieses gottverlassenen Staates so sind, daß irgendein neuer Gewaltstreich wirklich unausbleiblich ist.« Und dann mit trockenem Lachen: »Wieder ein Glück, wenn man nichts hat! Mir wird man nichts mehr wegnehmen können.«

Geiger blieb aber verstimmt und einsilbig und begab sich frühzeitig auf sein Zimmer, während Kolo sich den Damen zuwendete und durch sein bestrickend liebenswürdiges Wesen Gluten um sich her verbreitete. Zu ihrer schmerzlichen Enttäuschung ließ aber Frau Albari ihre Schlafzimmertür diesmal vergebens offen.

IV. Kapitel

Am nächsten Morgen frühstückte Kolo Isbaregg sehr frühzeitig und begab sich dann nervös und erregter, als er sich es hätte eingestehen wollen, in das im selben Haus befindliche Café, wo er einen Fensterplatz wählte. Nicht lange blätterte er in den Zeitungen herum, als Herr Geiger, eine umfangreiche Aktentasche in der Hand, das Haustor verließ. Kolo, der schon gezahlt hatte, lächelte selbstsicher vor sich hin und folgte dem gebückt einherschreitenden Mann in angemessener Entfernung. Bei der Oper zögerte Geiger, trat an einen Chauffeur heran, es entspann sich ein Zwiegespräch, das damit endete, daß der Geizhals erbost und ersichtlich zornentbrannt weiter zu Fuß die Kärntnerstraße entlangschritt, Isbaregg immer hinter ihm her. Im Gebäude des Bankvereins verschwand Geiger, und Kolo konnte nun eine ganze Stunde lang ungeduldig auf der gegenüberliegenden Straßenseite auf und ab schreiten, bevor der alte Mann endlich wieder erschien. Jetzt war die Aktentasche zum Bersten voll, der Alte preßte sie förmlich inbrünstig an sich und bestieg diesmal ohne Pourparlers ein Auto.

Kolo wußte genug, es war so gekommen, wie er vorausgesehen hatte: Geiger hatte, von Panik über die kommende neue Vermögensabgabe ergriffen, sein Depot behoben, etwaige Aktien in Bargeld umgetauscht und würde nun den Betrag zu Hause verbergen.

Isbaregg hatte nun allerlei Besorgungen zu machen. Er begab sich nach einer stillen Seitengasse der Kärntnerstraße zu einem Schuster, dessen Spezialität orthopädische Schuhe waren, und bestellte mit schnarrender norddeutscher Aussprache ein Paar Stiefel für seinen Bruder, Nr. 43 Länge, 5 Breite. Der rechte Schuh müsse einer Verkürzung des Beines halber drei Zentimeter höher sein als normal. »Postarbeit, bitte, spätestens übermorgen brauche ich die Schuhe, weil ich sie dann sofort wegschicken muß.« Er erlegte sofort eine Anzahlung und kaufte in einem Gummigeschäft einen Pfropfen für einen Spazierstock, wie ihn Hinkende zu benützen pflegen. Dann begab er sich nach der Elisabethstraße, wo er den Laden eines Theaterfriseurs betrat. Dort verlangte er für das Kostümfest, das demnächst im Stadtpark stattfinden sollte, einen schwarzen Knebelbart. In einem Farbwarengeschäft erstand er eine Tube schwarzer flüssiger Farbe, bei einem Optiker eine schwarze Brille, bei Gerngroß einen mächtigen schwarzen Schlapphut, wie man ihn kaum noch trug, und einen dünnen Wettermantel mit einer Pelerine.

Mit Paketen beladen, begab sich Kolo nach Hause, ging aber gleich wieder fort und studierte in einem Haustor die Annoncen des »Neuen Wiener Tagblattes«, aus dem er sich mehrere Adressen aufnotierte. Eine halbe Stunde später hatte er in der Apfelgasse, also in nächster Nähe des Schwarzenbergplatzes, ein diskretes Absteigequartier mit separatem Eingang von der Treppe aus auf vierzehn Tage gemietet und vorausbezahlt. Da solche Absteigequartiere nur für galante Stunden vermietet werden, fragt man nicht nach dem Namen, sondern begnügt sich, den Mieter mit Herr Doktor anzureden. Er nahm den Zimmerschlüssel an sich, versicherte, daß er das Zimmer nur selten und immer auf ganz kurze Zeit benützen würde, und hatte die Gewißheit, daß die wackere Zimmervermieterin diskret und froh sei, wenn sie mit ihrem jeweiligen Herrn nichts weiter zu tun habe.

Zwei Tage später erzählte Frau Dr. Schlüter abends ihren Gästen, daß ein neuer und recht interessanter Herr bei ihr eingezogen sei.

»Ein Spanier in diplomatischen Diensten. Er spricht kein Wort Deutsch, aber natürlich vollkommen Französisch. Er heißt Doktor Diego Alvarez und macht einen höchst distinguierten Eindruck. Morgen zieht er schon hier ein, wird aber erst nach einer Woche mit uns speisen, da er vorläufig in der Familie des spanischen Botschafters Tischgast ist.«

Fräulein Holthaus schrie entzückt auf: »Ein Spanier, Gott, wie interessant!« Während Frau Albari unter allgemeiner Spannung fragte, ob dieser Spanier ein so schöner Mann sei, wie man es von Spaniern vorauszusetzen pflege. Wobei sie Kolo einen koketten Blick zuwarf. Lachend erklärte Frau Dr. Schlüter:

»Nun, da müssen Sie Ihre Erwartungen schon herabstimmen! Er hat einen schwarzen, abscheulichen Knebelbart, dunkle Brillen, trägt einen unmöglichen Kalabreser und hinkt außerdem recht heftig.«

»Der Arme!« seufzte die Stillebenmalerin und nahm sich vor, gegen den unglücklichen Krüppel recht sanft und zuvorkommend zu sein, während Herr Holthaus, der erotische Sezessionist, trocken meinte:

»Solche Leute pflegen Glück bei Frauen zu haben. Merkwürdigerweise löst Krüppelhaftigkeit bei hysterischen Weibern starke erotische Reizungen …«

Frau Dr. Schlüter räusperte sich energisch mit einem Blick auf einen Backfisch, der bedenklich zu kichern begann, und lenkte das Gespräch auf die allgemeine Ernährungslage. Von da an sprach man nicht mehr von dem Spanier, der mit einem umfangreichen Handkoffer seinen Einzug hielt und vorläufig nur morgens und abends beim Verlassen und Kommen, aber auch dann nicht regelmäßig, vom Stubenmädchen gesehen wurde.

V. Kapitel

So waren etwa acht Tage vergangen, die Pfingstwoche war gekommen, und der Spanier sagte abends, als er nach Hause kam, der Frau Dr. Schlüter, er werde über die Feiertage nach dem Semmering fahren, und zwar schon morgen mit dem ersten Frühzug, eine Mitteilung, die weiter nicht aufregend war.

Kolo Isbaregg blieb wie immer, wenn er keinen Bummel vorhatte, bis gegen Mitternacht im Salon, war scheinbar heiter und aufgeräumt wie gewöhnlich und zog sich dann, als alles schlafen ging, auf sein Zimmer zurück. Hier legte er sich auf den Diwan und dachte, indem er sich zu eiserner Ruhe zwang, logisch, klar und scharf über all das nach, was die nächsten Stunden bringen mußten.

Um zwei Uhr morgens – das ganze Haus lag im tiefsten Schlaf – zog er die Schuhe aus, steckte ein Universalwerkzeug aus Nickel in kleinem Format, das er noch aus Kanada her besaß, zu sich, zog den Krummhaken hervor, mit dem auch gute Schlösser leicht aufzusperren sind, wenn man, wie er, damit umgehen konnte, und öffnete seine schon am Tage vorher eingeölte Tür, die nach dem Korridor führte.

Totenstille, nichts regte sich, er konnte fast das Klopfen des eigenen Herzens hören. Ein paar Schritte nur, und er stand vor der Tür des Herrn Geiger. Er preßte das Ohr an das Schlüsselloch und hörte das Schnarchen des alten Mannes. Nun vorsichtig, den Krummhaken angesetzt. Halt! Ein Widerstand! Verflucht! Der Schlüssel steckt ja von innen! Kolo verlor nur einen Augenblick die Fassung, dann zog er aus dem zusammengeklappten Werkzeug eine lange Nadel, wie man sie zum Bohren eines Loches in Lederzeug braucht, führte sie geräuschlos in das Schlüsselloch ein und stieß behutsam den Schlüssel hinaus, daß er drinnen im Zimmer auf die Erde fiel. Wohl war der Boden mit einem Teppich belegt, aber ein gewisses Geräusch, durch das Aufschlagen des Schlüssels bewirkt, hatte sich doch nicht vermeiden lassen. Mit angehaltenem Atem horchte Kolo. Der alte Mann hatte aufgehört zu schnarchen, warf sich unruhig von einer Seite auf die andere, dann trat wieder tiefe Stille ein. Eine volle Minute, die einer Ewigkeit glich, wartete Kolo Isbaregg noch, dann schob er den Krummhaken ein, und mit leichter Mühe – er hatte den Versuch oft genug an dem eigenen Türschloß gemacht – drehte er die Zunge des Schlosses um. Fast ganz geräuschlos öffnete sich die Türe, und der Eindringling stand nun tief gebückt in dem fremden Raum. Ein Druck auf die kleine elektrische Taschenlampe, und er hatte volle Orientierung gewonnen. Im nächsten Augenblick mußte sich alles entscheiden. Würde Geiger erwachen oder auch nur Zeichen von Unruhe von sich geben, so müßte er sich mit einem Ruck über das Bett werfen und mit seinen behandschuhten Händen jeden Laut und jedes Leben ersticken. Auf allen vieren kriechend, schlich sich Kolo dicht vorwärts, so daß zu seiner rechten Seite das große Doppelfenster, zu seiner linken das Bett lag. Geiger rührte sich nicht und gab nur die sägenden Laute des tief Schlafenden von sich. Also konnte die Arbeit der eigenen Hände wohl vermieden werden!

Beim Fenster richtete sich Kolo halb auf, um mit einem einzigen Schnitt der haarscharfen Messerklinge, die er nun aus dem Werkzeug zog, einen erheblichen Teil der Rouleauxschnur abzuschneiden. Rasch knüpfte er eine Schlinge, wie er es bei den Jagdausflügen in den kanadischen Wäldern gelernt hatte, und kroch wieder tief gebückt, die Schlinge in der linken Hand haltend, an das Bett heran.

Nun mußte es getan werden. Den Bruchteil einer Sekunde ließ er das Licht der Taschenlampe aufblinken, hier saß der

Kopf an dem dürren Hals des Greises. Jetzt keine Bedenken! Die Schlinge blitzschnell über den Kopf gezogen. Geiger wacht auf, hebt den Schädel schlaftrunken. Macht nichts – zu spät! Mit bei den Händen zieht Kolo bei voller, brutaler Kraftentwicklung an den Enden der Schnur – ein heiseres Gurgeln, und kein Laut mehr! Fester und fester zieht er an, und das Dunkel der Nacht verbirgt ihm den grauenhaften Anblick, den der häßliche tote Greis bietet. Minutenlang verharrt er so, dann läßt er los, tastet nach der Bettdecke und zieht sie der Leiche über den Kopf. Richtet sich hoch auf und horcht wieder aufmerksam nach außen, tappt die Wand entlang, bis er den Anschalter gefunden hat, und nun steht er, von dem vollen Licht des elektrischen Kronleuchters umbrandet, da. Sieht sich im Spiegel und fühlt ein leichtes Frösteln. Ein bleicher fremder Mann, den er nicht kennt, von dem er nichts weiß, scheint ihm entgegenzustarren. »Bin ich es, bist du es?« Er faßt sich an die feuchte Stirn, krallt die Hand im Handschuh in die Herzgrube und schließt die Augen, bis das Blut wieder ruhiger durch die Adern fließt und sein Verstand Oberhand über das dunkle Gefühl gewinnt, das emportauchen wollte.

Kolo hob den Schlüssel auf, versperrte die Türe hinter sich, drehte den Kronleuchter ab und die Lampe auf dem Nachtkästchen an und begann zu suchen. Im Kleiderkasten, im Schreibtisch, der nicht ihm gehörte, dürfte Geiger schwerlich die große Aktentasche verwahrt haben. Wohl aber hier in dem großen schweren Lederkoffer, der in einer Fensternische stand. Wo waren aber die Schlüssel zu diesem Koffer? Sicher unter dem Kopfpolster Geigers. Kolo zögerte. Sollte er unter dieses Kissen, auf dem der Erwürgte lag, greifen? Er hatte im Felde Schrecklicheres gesehen und getan und doch – nein – es ließ sich ja vermeiden! Wieder zog Kolo Isbaregg das Nickelwerkzeug aus der Hosentasche, fixierte ein kleines

Stemmeisen und schraubte, brach und hob die beiden Schlösser heraus. Nun war der Koffer offen – obenauf lag ein Anzug, dann kam der Pelz, den Geiger, um die Aufbewahrungsgebühr zu sparen, den Sommer über im Koffer hielt – und unter ihm – ja, da lag die schwarze Aktentasche. Ein Ruck, und auch sie war offen, und es quoll förmlich aus ihr hervor. Ein Banknotenpäckchen und noch eines und wieder eins und noch und noch. Zehn Pakete zu je hundert Tausendkronenscheinen, die Kolo in die Taschen und unter seine Weste schob.

Bevor er das Zimmer verließ, sah er sich sorgfältig um. Nein, es blieb keine Spur hinter ihm, er hatte nicht, wie es in den Detektivgeschichten vorkam, sein Werkzeug oder ein Taschentuch oder einen Manschettenknopf zurückgelassen, nichts als eine gewisse Unordnung, den erbrochenen Koffer, die auf den Teppich geworfene Aktenmappe und – die Leiche! Kolo drehte das Licht ab, horchte wieder angespannt nach außen, sperrte auf, verließ das Zimmer und verschwand lautlos hinter der eigenen Türe. Halb drei – genau eine halbe Stunde hatte alles gedauert.

Und nun wieder leise den Weg in das benachbarte Zimmer des Spaniers. Dort konnte er ausruhen, eine Stunde vor sich hin sinnen, dann die Verwandlung vornehmen. Rasch den schwarzen Knebelbart angepickt, der in dem Handkoffer verwahrt lag, die Brillen vor die Augen, den Kalabreser auf den Kopf, den Radmantel umgeworfen, nachdem er noch die Stiefel, von denen der eine den Klumpfuß markierte, angezogen hatte. Den Stock mit dem Gummipfropfen in der einen Hand, den Handkoffer in der anderen, verließ nun Diego Alvarez, nachdem er unten den Portier geweckt und sich hatte aufsperren lassen, das Haus, und das milde Frühlicht eines jungen Junitages umfing ihn.

VI. Kapitel

Es war halb fünf, als Kolo Isbaregg in der Verkleidung vor dem schäbigen, das billige Laster verratenden Haus in der Apfelgasse erschien. Weit und breit keine Menschenseele, ungesehen konnte er das Haustor aufschließen, unbemerkt sein Absteigequartier erreichen und sich dort wieder zum normalen Menschen wandeln. Rasch hatte er sich umgekleidet, aber nun galt es noch Wichtiges zu erledigen. Mantel, Hut, die orthopädischen Schuhe, der Bart, das Werkzeug, die Brillen und der Pfropfen des Stockes – das alles ließ sich leicht in dem Handkoffer unterbringen. Was aber mit ihm tun? Ihn einfach in dem Zimmer stehenlassen, auf die Gefahr hin, daß die Vermieterin ihn nach einigen Wochen öffnen und den verräterischen Inhalt der Polizei bringen würde? Nein, das ging nicht, dazu waren die Einkäufe vor allzu kurzer Zeit gemacht worden! Ein neues Absteigequartier mieten und dort den Koffer einstellen? Nicht übel, aber doch riskant! Vielleicht würden in der nächsten Zeit die Gäste der Pension Metropolis überwacht werden und man ihm nachspüren, wenn er so ein neues Absteigequartier betrat! Noch eine Idee: Den Koffer nach einem Bahnhof bringen und ihn in Aufbewahrung geben, um ihn natürlich niemals abzuholen. Aber auch das hatte seine Bedenken. Wer weiß, nach wie kurzer Zeit man den nichtabgeholten Koffer öffnen würde? Aber ein anderer, absolut sicherer Ausweg ergab sich, und zu ihm entschloß er sich.

Langsam schlenderte Isbaregg gegen den Südbahnhof zu, wo sich schon Ausflügler zu Hunderten eingefunden hatten und reges, geschäftiges Treiben herrschte. Er ließ sich im Bahnhofrestaurant nieder, verzehrte ruhig sein Frühstück, las Zeitungen, bis es sieben Uhr geworden war und das Bahnpostamt die Schalter öffnete. Nun ließ er sich einen Frachtbrief geben, füllte ihn aus und gab den Handkoffer als Postkolli nach Graz, hauptpostlagernd, auf, als Absender einen Johann Merker, Wien, I., Annagasse 4, bezeichnend. So, nun würde dieses Kolli monatelang in Graz umherliegen, dann nach Wien zurückgeschickt werden, wo man den Herrn Merker natürlich nicht fand, es würde also nach dem Hauptpostamt wandern und wieder ungezählte Monate unter anderem Gerümpel verstauben.

Jetzt nur noch eines: Die zehn Pakete mit den Tausendkronenscheinen konnte er natürlich nicht länger mit sich herumtragen. Kolo kaufte in einem Laden einen Bogen Packpapier und eine Schnur, zog sich in den Toilettenraum eines Kaffeehauses zurück und packte die Banknoten, von denen er drei Stück in seine Brieftasche steckte, sorgfältig zusammen. Dieses Paket gab er auf einem anderen Postamt als rekommandierte Sendung an sich selbst, hauptpostlagernd, auf. Dazu schrieb er den Vermerk: »Bitte einen Monat lagern zu lassen!« So – und damit war nach den Gesetzen der Logik und Wahrscheinlichkeit alles vermieden, was auch nur den Schein eines Verdachtes auf ihn lenken konnte.

VII. Kapitel

Es war acht Uhr vorüber, als Kolo die Pension Metropolis wieder betrat. Hätte ihn ein Stubenmädchen oder ein Mitbewohner gesehen, so würde er getan haben, als wenn er eben die Pension hätte verlassen wollen und zurückgekehrt sei, um einen vergessenen Gegenstand zu holen. Aber der Zufall war ihm günstig. Die Vorhalle war leer, niemand hatte ihn kommen sehen, und unbemerkt konnte er sein Zimmer betreten, wo er sich zu Bett legte, um endlich zu schlafen und die müden Glieder auszuruhen.

Es war kaum elf Uhr vormittags, als er von gellenden Schreien, lautem Rufen, dem Knallen zugeschlagener Türen und aufgeregten Gesprächen geweckt wurde. »Herr Geiger ist ermordet worden!« Mit diesem Ruf empfingen ihn die Dienstboten, die Pensionäre und Frau Schlüter, als er in halber Bekleidung sein Zimmer verließ, und schon raunte, wisperte, flüsterte es von Mund zu Mund: »Der Spanier, wo ist der Spanier ...?«

Darüber, daß nur der ominöse Spanier der Täter sein konnte, war von allem Anfang an in ganz Wien kein Zweifel. Polizei, Presse und Publikum waren ausnahmsweise einig: Nur der Spanier kam in Betracht, nur er konnte den alten Mann ermordet haben. Und Jeremias Finkelstein, der findige Lokalreporter der »Wiener Morgenpost«, brachte über die Erhebungen der Polizei und seine eigenen Nachforschungen einen fulminanten, reich illustrierten Artikel, der die ganze Sachlage erschöpfend darlegte. Zunächst schilderte Finkelstein das vornehme Milieu der Pension Metropolis, flocht rühmende Worte über die tüchtige, gebildete Besitzerin Frau Dr. Schlüter ein – vorher hatte er für sich vom nächsten Herbst an einen außerordentlich billigen Mittagstischpreis ausbedungen –, führte sämtliche Pensionäre, unter ihnen natürlich auch Kolo Isbaregg, namentlich an, vergaß nicht die zwei Köchinnen und die Stubenmädchen zu erwähnen, pries in plastischen Worten die Pracht der Zimmereinrichtungen, wobei er Empire mit Barock heftig verwechselte, um dann mit kühnem Schwung und einer saftigen Wetterbetrachtung auf den verhängnisvollen Junitag überzugehen.

»Der angebliche Spanier hatte frühmorgens, vor fünf Uhr noch, mit seinem Handkoffer das Haus verlassen, angeblich, um auf den Semmering zu fahren. Dem Portier, der ihm das Haustor geöffnet hatte, war an ihm durchaus nichts aufgefallen, es sei denn eine gewisse Hast und Nervosität. In der Nacht war der gute Schlaf der Pension Metropolis in keiner Weise gestört worden. Weder Schreie noch verdächtige Fußtritte wurden gehört, obwohl sich die in den besten Wiener Gesellschaftskreisen wohlbekannte Malerin Cleo Holthaus eines außerordentlich leichten Schlafes rühmen kann.

Unter den Pensionären befand sich, wie schon erwähnt, Herr Leo Geiger, der frühere Chef des Bankhauses Geiger & Co., ein alleinstehender Herr von 68 Jahren, der mehrere Millionen besitzen soll und seines gediegenen, ruhigen Charakters halber sich großer Beliebtheit erfreute. Er bewohnte das Zimmer Nr. 8, mit der Aussicht auf den Schwarzenbergplatz, und hatte sich nach angeregter Unterhaltung im Musiksalon gegen Mitternacht zur Ruhe begeben. Er pflegte sonst gegen acht Uhr aufzustehen und dann um die neunte Stunde herum im Frühstückszimmer zu erscheinen. Als es aber an dem verhängnisvollen gestrigen Tag zehn Uhr geworden war, befahl Frau Dr. Schlüter dem aufwartenden Mädchen, leise an die Türe Geigers zu klopfen. Dies geschah, es erfolgte aber keine Antwort, und so nahm man denn an, daß der alte Herr länger schlafe. Um elf wurde aber Frau Dr. Schlüter ängstlich, und sie klopfte jetzt, vom Stubenmädchen begleitet, selbst energisch und mehrmals hintereinander an. Es kam aber wieder keine Antwort, und die Dame drückte nun auf die Türklinke, die zu ihrer Verwunderung, da sie wußte, daß Geiger immer hinter sich abzusperren pflegte, nachgab. Frau Dr. Schlüter betrat das Zimmer und drehte das Licht an, da die Jalousien herabgelassen waren.

Sofort fiel ihr der geöffnete Koffer auf, und da das Bett leer zu sein schien, dachte sie, Herr Geiger wäre, ohne jemanden zu verständigen, fortgefahren. Da stieß das Stubenmädchen einen gellenden Schrei aus. Es war an das Bett getreten, hatte die Decke gelüftet, und der Anblick, der sich nun den beiden Frauen bot, war so furchtbar, daß sie beide schreiend aus dem Zimmer stürzten und um Hilfe riefen. Unser großer amerikanischer Heldentenor Mister Williams eilte aus seinem Zimmer herbei; Frau Albari, eine bekannte Wiener Schönheit, trat hinzu, auch das übrige Gesinde schloß sich an. Gemeinsam begaben sich diese Personen nach dem Zimmer Geigers, um endgültig festzustellen: Herr Leo Geiger war tot, aber nicht auf natürliche Weise gestorben, sondern das Opfer eines entsetzlichen Verbrechens geworden. Seine Augen waren aus den Höhlen getreten, die Zunge hing aus dem Munde heraus, und das Gesicht des Greises war bläulich gefärbt. Um den Hals aber hing eine grüne Schnur.

Nunmehr hatte Frau Dr. Schlüter sich wieder gefaßt und zeigte eine bewunderungswürdige Haltung. Sie veranlaßte alle Anwesenden, das Zimmer zu verlassen, verschloß es und ersuchte Herrn Kolo Isbaregg, der, vom Lärm geweckt, aufgestanden war, sich auf einen Stuhl vor die Tür zu setzen und bis zum Eintreffen der Polizei niemanden das Totenzimmer betreten zu lassen. Hierauf verständigte sie telefonisch das Polizeikommissariat von dem furchtbaren Geschehnis, das sofort drei Polizisten nach der Pension schickte und seinerseits die Verständigung des Polizeipräsidiums unternahm.

Im Verlauf von wenig mehr als einer Viertelstunde hatte sich der Chef der Sicherheitspolizei, Dr. Zwanziger, mit mehreren Beamten, Detektiven, Schutzleuten und dem Polizeiarzt Dr. Kratochwill eingefunden. Der Arzt konstatierte, daß der Tod des Herrn Geiger vor etwa acht bis neun Stunden eingetreten sei, und zwar infolge gewalttätiger Strangulierung mittels der noch um den Hals gewundenen Schnur. Die Polizeibeamten aber stellten folgendes fest:

Die zum Morde verwendete Schnur war ein Teil der Jalousieschnur, die im Zimmer des Ermordeten, möglicherweise unmittelbar vor der Tat, vielleicht aber auch schon viel früher, mit einem scharfen Messer abgeschnitten worden war. Der große Lederkoffer in einer Fensternische war durch Herausstemmen der beiden soliden Schlösser geöffnet, sein Inhalt durcheinandergeworfen worden. Eine sehr umfangreiche, schwarze Aktentasche lag geöffnet und leer auf dem Teppich neben dem Koffer. Uhr, zwei Ringe und eine Krawattennadel, alles von ziemlich bedeutendem Wert, lagen unbeachtet auf dem Nachtkästchen neben dem Bett. Der oder die Mörder hatten es also nicht auf diese Schmucksachen, sondern auf einen Teil des Inhaltes des Koffers, vielleicht der Aktentasche, abgesehen.

Einer der anwesenden Detektive, dessen Spezialität die Begutachtung von Schlössern und Schlüsseln ist, machte nach sorgfältiger Untersuchung des Türschlosses folgende Feststellungen:

Das Schloß der Zimmertüre war vom Korridor aus mittels eines sogenannten Dietrichs geöffnet worden, was nicht schwerfallen konnte, weil Schloß und Schlüssel ganz primitiver Natur sind. Der Täter mußte daher nach vollbrachtem Morde den Schlüssel, der wahrscheinlich beim Aufschließen herausgefallen war, aufgehoben und ins Schloß gesteckt haben, was auf Kaltblütigkeit und Ungestörtheit schließen läßt. Weitere positive Beobachtungen waren vorläufig nicht zu machen.

Sämtliche Pensionäre und die Hausgehilfinnen wurden einem Verhör unterzogen, das ergebnislos blieb. Sie hatten nichts gesehen und nichts gehört, und um ihre Meinung befragt, erwiderten sie alle, die einen zögernd, die anderen dezidiert: »Der Spanier ...«

Natürlich hatte auch Polizeirat Dr. Zwanziger sofort seine volle Aufmerksamkeit diesem mysteriösen spanischen Diplomaten Dr. Diego Alvarez zugewendet, und die mit allem Eifer angestellten Recherchen ergaben folgendes:

Im Zimmer des Spaniers befand sich buchstäblich nichts, aber auch gar nichts; kein Wäschestück, kein Papierfetzen. Er hatte also scheinbar alles in seiner Handtasche für die angesagte Fahrt auf den Semmering mitgenommen. Ein Beamter begab sich nun schleunigst in das spanische Botschafterpalais, wo er bei dem Botschafter persönlich Erkundigung einzog. Das Resultat war das erwartete: Es gab dort keinen Diego Alvarez, man kannte auch niemanden dieses Namens und konnte mit Bestimmtheit versichern, daß sich im Dienste des spanischen Auswärtigen Amtes eine solche Person nicht befindet. Daraufhin wurde telefonisch in sämtlichen Hotels und Pensionen des Semmering mit negativem Resultat angefragt, und eine ebenfalls telefonisch herbeigeführte Unterredung mit dem Kondukteur des Frühzugs der Südbahn, der inzwischen in Graz seine Reise beendigt hatte, ergab, daß sich im Zuge niemand befunden hatte, auf den die markante Personenbeschreibung des hinkenden, bebrillten, bärtigen Mannes mit Schlapphut und Radmantel gepaßt hätte.

Es konnte sonach nicht der geringste Zweifel bestehen, daß der Mörder in der Person des hinkenden Fremden zu suchen sei.

Immerhin nahm unsere Polizei mit anerkennenswerter

Umsicht die Erhebungen nach einer ganz anderen Richtung auf. Herr Koloman Isbaregg, dessen Heldentaten während des Weltkrieges des öfteren in der »Morgenpost« rühmende Erwähnung gefunden hatten, erzählte dem Chef der Sicherheitspolizei anläßlich seines Verhöres, daß er vor etwa vierzehn Tagen Zeuge gewesen sei, wie ein junges Mädchen nach einem heftigen Wortwechsel das Zimmer des Herrn Geiger weinend verlassen hatte. Frau Dr. Schlüter habe ihm erzählt, daß dies die Nichte des Ermordeten sei, die sich vergeblich an ihren Onkel um materielle Hilfe gewendet habe. Frau Dr. Schlüter bestätigte dies und fügte hinzu, daß das Mädchen um eine kleine Mitgift zur Gründung eines Hausstandes, da sie sich verheiraten wollte, gebeten habe, aber ziemlich schroff abgewiesen worden sei. Dieses junge Mädchen wurde im Laufe des Nachmittags unschwer zur Stelle gebracht. Es ist dies die einundzwanzigjährige Grete Altmann, ein zartes, hübsches Mädchen, mit gewinnenden Manieren. Sie lebt mit ihrer Mutter, der verwitweten Beamtengattin Anna Altmann, in recht bescheidenen Verhältnissen und gibt Klavierunterricht, da die Pension der Mutter zum Leben nicht ausreicht. Fräulein Altmann war über das schreckliche Ende ihres Onkels sichtlich erschüttert und gab ohne weiters zu, in tiefstem Groll von ihm geschieden zu sein, nicht so sehr, weil er ihr die erbetene Hilfe abgeschlagen hatte, sondern wegen der zynischen Art und Weise, wie er dies getan. Ihr Bräutigam sei der Arzt Dr. Heinrich Thalmann, der seit einem Monat im Sanatorium Tobelbad eine Stellung als Assistenzarzt bekleide. Eine sofortige telefonische Anfrage in diesem bekannten Sanatorium ergab, daß Dr. Thalmann seit Antritt seiner Stellung die Anstalt noch nie verlassen und in der gestrigen Nacht bei einer schwierigen Unterleibsoperation assistiert habe.

Jeder, auch nur der leiseste Verdacht muß also nach dieser

Richtung als beseitigt erklärt werden, und die Polizei hat nunmehr ihren ganzen Apparat in Tätigkeit gesetzt, um des angeblichen Spaniers habhaft zu werden. Heute, wenn unsere Leser diese Zeilen zu Gesicht bekommen, werden schon in ganz Deutschösterreich die Steckbriefe des Mörders verbreitet und überall Plakate affichiert sein, die eine Belohnung von 5000 Kronen für die Ergreifung des ruchlosen Gesellen ankündigen.«

VIII. Kapitel

Dies war der erste Bericht der »Morgenpost«, der in ganz Wien enormes Aufsehen erregte und zu einer wahren Panik in allen Fremdenpensionen führte. Die Mittagsausgabe des Blattes brachte aber einen weiteren umfangreichen Bericht, der auf die Sensationslust der Massen noch anregender wirkte. Der zweite Artikel, der ebenfalls der Feder des Reporters Finkelstein entstammte, hatte folgenden Wortlaut:

»Während wir in unserer Morgenausgabe als das einzige Wiener Blatt einen lückenlosen Bericht über den grauenhaften Mord in der vornehmen Pension Metropolis veröffentlichen konnten, sind wir jetzt in der Lage, aufgrund der Erhebungen der Polizei wie der privaten Nachforschungen unseres Spezialberichterstatters neue Mitteilungen über die Person des Ermordeten, Herrn Geiger, zu bringen, die der ganzen düsteren Affäre ein noch sensationelleres und aufregenderes Gepräge geben. In den späten Abendstunden des gestrigen Tages wurden die Effekten, Briefe und Geschäftspapiere des Ermordeten einer genauen Durchsicht unterzogen, und das Resultat war nach mehr als einer Richtung verblüffend. Es ging nämlich aus aufgefundenen Briefen, Notizen und Kopien abgeschickter Briefe hervor, daß Herr Geiger in der Schweiz ein Vermögen besitzt, das er jeder Abgabe und Besteuerung auf geradezu raffinierte Weise zu entziehen wußte. Die Höhe dieses Vermögens wird auf etwa fünf Millionen Franken beziffert. Es fand sich aber in dem Nachlaß noch etwas vor, was von den Polizeibeamten als ganz unwesentlich und nicht beachtenswert beiseite gelegt wurde, in Wirklichkeit aber den wichtigsten Fingerzeig über das Motiv zur Ermordung Geigers und die Höhe der Beute bildet. Es ist dies nämlich eine Quittung des Wiener Bankvereines über die Bezahlung der Miete eines Tresorfaches per Monat Mai. Unser Spezialberichterstatter begab sich sofort in das Gebäude des Bankvereines, wo er folgende sensationelle Tatsachen erfuhr: Herr Geiger hatte sich genau acht Tage vor seiner Ermordung in der Tresorabteilung der Bank eingefunden, die gesamten Wertpapiere, Aktien und Pfandbriefe, die in seinem Fach lagen, mit sich genommen, sich sodann nach der Wechselstube im selben Gebäude begeben und dort die Papiere für den Gesamtbetrag von rund einer Million Kronen verkauft. Diesen großen Betrag barg er nach übereinstimmender Aussage des Kassiers wie eines Bankdieners in einer mitgebrachten schwarzen Aktentasche, sicher derselben, die nach der Ermordung auf dem Teppich neben dem erbrochenen Koffer lag.

Die Schlüsse sind hieraus leicht zu ziehen. Herr Geiger hatte aus eigenem Antrieb oder auf Veranlassung einer anderen Person ein Vermögen zu Bargeld gemacht und dieses nicht mehr der Bank anvertraut, sondern mit sich in die Pension genommen, wo er es in dem Koffer verbarg. Davon muß nun der Mörder Kenntnis gehabt haben. Genau zwei Tage nach der Geldtransaktion zog der fremde Mann in der Maske eines Spaniers in die Pension Metropolis, um eine Woche später seine wohlvorbereitete Tat zu begehen. Aus dem Umstand, daß sich in der Brieftasche des Ermordeten kaum tausend Kronen befunden haben, kann man mit einiger Sicherheit den Schluß ziehen, daß die Million dem Mörder in die Hände gefallen ist.

Wie es der Ermordete, über dessen Charakter man heute wohl anderer Ansicht sein muß als gestern, ermöglicht hat, Millionen ins Ausland zu verschleppen, ist eine Frage, die die Öffentlichkeit noch beschäftigen wird. Für heute begnügen wir uns mit der Feststellung einer Tatsache, die nicht ohne Pikanterie ist und vielleicht sogar eine gewisse Befriedigung erregen wird: Da der Ermordete nach den Angaben seines Rechtsanwaltes nie zu bewegen war, ein Testament zu machen, ist zweifellos seine Nichte, Fräulein Grete Altmann, seine Universalerbin, der auch nach Abzug aller hinterzogenen Steuerbeträge ein fürstliches Vermögen in den Schoß gefallen ist. Dies bildet wohl das einzig versöhnliche Moment in der grauenhaften Mordtragödie.«

Kolo Isbaregg las diesen Bericht im Kaffeehaus, er lächelte vor sich hin und dachte: »Dieser Reporter ist gar nicht dumm, er hat seine Sache sogar sehr gut gemacht, und heute wird ganz Wien sich innerlich über das Glück des armen Mädchens freuen und den Mörder durchaus nicht so verfluchen, wie es vor einigen Stunden noch geschehen ist. Für mich aber scheint die Sache glatt verlaufen zu wollen, und ich muß gestehen, daß ich nicht eine Spur von Gewissensbissen empfinde. Sogar mein Schlaf war ein ganz ungestörter. Nur die arme Schlüter tut mir recht leid, sie wird schwer zu arbeiten haben, um ihre Pension wieder in die Höhe zu bringen.«

Tatsächlich ergriffen die Gäste der Pension Metropolis förmlich die Flucht, bis nach Verlauf von einigen Tagen Frau Schlüter es für das beste fand, auf die Dauer des Sommers zu sperren und den wenigen Pensionären, die geblieben waren, unter dem Vorwand dringender Renovierungsarbeiten das Fortziehen nahezulegen.

Kolo Isbaregg, der sich unbeobachtet und absolut unverdächtigt wußte, konnte das kleine Paket mit den Tausendkronenscheinen anstandslos gegen Vorweisung seiner Legitimationspapiere bei der Post beheben, dann setzte er sich in den Schnellzug und fuhr nach dem Salzkammergut, um dort die Sommermonate zu verbringen und neue Lebenspläne zu schmieden.

II. Teil

I. Kapitel

Das ganze Konzerthaus schwamm in Licht, Musik und Erregung. Die erste öffentliche Redoute nach langen, langen Jahren versammelt ganz Wien; unterdrückter Lebensdrang und die qualvolle Ungewißheit über die eigene Existenz, die Zukunft, die Unsicherheit der wirtschaftlichen und politischen Verhältnisse, die sich in furchtbaren Zusammenbrüchen, in gewaltsamen Vermögensverschiebungen und seltsamen Umgruppierungen der sozialen Schichten äußerten, trieb die Menschen zu lärmenden Vergnügungen, zu allem, was unmittelbar auf die Sinne wirkt.

Die exorbitant hohen Eintrittspreise für diese erste große Faschingsredoute hatten nicht verhindern können, daß alle Klassen an ihr teilnahmen und die Mischung barocker und krauser war, als man es jemals vor dem Jahre 1914 erlebt hatte. Die Barone, Grafen und Fürsten von ehemals, denen das Gesetz den Adel genommen, flanierten im Frackanzug und Zylinderhut neben Börsenschiebern, Kommis, verdächtigen Gestalten aus dem Ghetto, die durch jahrelangen Schleichhandel Millionen verdient hatten; hier streifte ein Herr, dessen Geschlecht den Habsburgern verwandt und ebenbürtig gewesen ist, einen Zuhälter, da drängte sich ein breiter Bauernklachel aus Oberhollabrunn an maskierten Frauen vorbei und dachte in diesem Augenblick vielleicht voll Sorge, ob nicht Einbrecher seine hinter dem Schweinestall vergrabenen, mit Gold- und Silbergeld gefüllten Kisten rauben könnten.

Äußerlich weniger scharf, innerlich aber um so greller kamen die sozialen Unterschiede bei den Frauen zum Ausdruck. Grisetten, Straßenmädchen, berühmte Bühnenkünstlerinnen verbargen sich hinter den Larven in kostbaren Toiletten ebenso wie die wirklich vornehme Dame oder die Frau des Kleinbürgers, die ein Monatseinkommen des Mannes aufwendet, um endlich einmal die ersehnte Redoute mitzuerleben, und die Lockerung aller überlieferten Sittlichkeitsbegriffe, das Schwinden der Autorität im eigenen Haus, der Bruch mit traditionellen Anschauungen brachten es mit sich, daß auch junge Mädchen aus guten Häusern, Studentinnen und sogar sogenannte Backfische mit oder ohne Willen und Wissen der Eltern die große Friedensredoute im Konzerthaus mitmachten.

Um alle aber, um die Vornehmen und die Parvenus, die Untergehenden und eben Emporgetauchten, die Jungen und Alten, die Frauen und Männer von Klasse und Rasse und die ohne Vergangenheit und Erziehung, schwebte eine schwüle Atmosphäre voll wilder, brutaler Erotik.

Wien befand sich seit Jahr und Tag, seitdem der wirtschaftliche Niedergang offenkundig und unaufhaltsam geworden war, in jenem sinnlichen Taumel, den man oft bei Lungenschwindsüchtigen, deren Lebenstage gezählt sind, beobachten kann. Aus allen Zukunfts- und Gegenwartssorgen flüchtete man zu Gott Eros, und die öffentlichen Sittenrichter, die Leitartikler, die Prediger auf der Kanzel fanden taube Ohren, erweckten nur ein Echo hysterischen Gelächters, wenn sie auf die Folgen hinwiesen, die der Ehebruch in Permanenz, die Sittenlosigkeit der Heranwachsenden, das Laster in seinen perversen Formen für Stadt und Land haben müssten.

Alles wollte leben, das Heute genießen, da man nicht wußte, welche Schrecken das Morgen bringen würde, ohne Besinnen jede Stunde und jede Möglichkeit auskosten, weil man immer darauf gefaßt sein mußte, vor neuen Umwälzungen zu stehen. Die immer toller werdende Teuerung trug das Ihrige dazu bei, alle Begriffe auf den Kopf zu stellen und das Verschwenden wirklich zur Tugend zu machen. Warum nicht heute eine Flasche Champagner zu vierhundert Kronen trinken, wenn sie morgen schon vielleicht achthundert kostet, warum nicht der Geliebten ein Blumenarrangement für tausend Kronen kaufen, da man das nächstemal das Doppelte würde zahlen müssen, warum nicht die Hälfte des Vermögens in Schmuck anlegen und so vielleicht vor dem Fiskus retten, der alles an Hab und Gut an sich zu reißen sucht, um wenigstens die Zinseszinsen der Staatsschulden zahlen zu können.

Geld, Moral, bürgerlicher Ehrbegriff – alles schritt mit Galoppsprüngen der völligen Entwertung entgegen, und das einzig Bestehende, Positive und Begehrte waren Speise, Trank und Liebe, die man erraffte und kaufte, was sie auch kosten mochten ...

II. Kapitel

Kolo Isbaregg lehnte an einer Säule, umbrandet von Fräcken, Zylinderhüten, Monokeln, Spazierstöcken, weißen, feuchten Schultern, üppigen Büsten, rauschenden Röcken, funkelnden Augen, aus den Spitzen- und Seidenlärvchen unheimlich herausleuchtend.

Ein leises Gefühl von Enttäuschung und Überdruß durchrieselte ihn. Was war diese Redoute, der er mit einiger Spannung entgegengesehen hatte? Eigentlich nichts anderes doch als derselbe erotische Krampf, wie er sich sonst in kleinerem Format in tausend Salons, auf dem Korso, bei den Tees und in den vornehmen Restaurants abspielte. Eine Ansammlung gieriger Männer, die vergebens dem Weib ihrer Träume nachliefen und sich nach jedem Abenteuer betrogen fühlten, und hysterischer Frauen, die vergebens der großen erotischen Sensation harrten, oder kalter Hetären, die sich für Geld oder für Kleider und Schmuck kaufen lassen wollten. Und ganz unwillkürlich schloß Kolo Isbaregg die Augen und träumte Vergangenheit, sah die kanadischen endlosen Wälder vor sich, die ungeheure Fabrikstadt, in der er mit hingebungsvoller Lust und brennendem Ehrgeiz gearbeitet hatte. Wie ganz anders war seine Welt damals gewesen! Immer hatte die Frau eine gewisse Rolle in ihr gespielt, aber doch eine untergeordnete Rolle. Führer werden aus eigener Kraft. Millionär durch kühnen Erfindungsgeist, einer der Großen, der die Welt vorwärts bringt, einer der Schaffenden, dessen Name in das goldene Buch der Zeiten übergehen würde! Bis der Krieg kam, dieser furchtbare, schmutzige Krieg, mit seinen Lügen und Phrasen, der täglichen Glorifizierung aller verächtlichen Eigenschaften, dieser Krieg mit seiner sinnlosen Zerstörung alles dessen, was man als heilig und nützlich zu betrachten gelernt hatte! Wie in einem Kaleidoskop purzelten vor den geschlossenen Augen Isbareggs die Bilder durcheinander. Der Dreikäsehoch, der an dem Totenbett des Vaters dem alten Vormund den eisernen Willen eines Kindes kundtut – Primus in der Theresianischen Akademie –, er mit zusammengebissenen Zähnen büffelnd, während die Kameraden sich in die Kammer schlichen, in der die Wäscherinnen, in Dampf und Feuchtigkeit kreischend, die derb-jugendlichen Liebkosungen entgegennahmen. – London, Glasgow, Edinburgh mit geschäftlichem und gesellschaftlichem Drill – die erste Nacht in den weißen Armen einer so kühl aussehenden englischen Frau, nicht einer Grisette, sondern einer Lady – Arbeit, unermüdliche Arbeit und abends lockende Abenteuer – die tolle, verwegene Fahrt nach Europa – Krieg – Mord – Blut – Auszeichnungen, das Zählen von unglücklichen, elenden Menschen, die man zu Gefangenen macht ... Isbaregg fuhr sich über die glühende Stirn. Ein schwarzes Loch unterbrach die Kette der Bilder. Nun sprangen sie fratzenhaft wieder an ihm vorbei. Vor dem Delikatessengeschäft sah er sich stehen mit wütendem Hunger, der ihm die Eingeweide verbrannte – einer orientalisch aussehenden, üppigen Frau zog er ein Ledertäschchen aus dem goldenen Beutel – in finsterer Nacht schlich er sich an ein Bett, um einen alten Mann zu erdrosseln – dann Besuche bei teuren Schneidern, luxuriöse Junggesellendiners im eigenen Heim mit schönen Frauen und distinguierten Freunden – Tausendkronenscheine raschelten in unaufhörlicher Aufeinanderfolge aus seiner Brieftasche – die schlanke Frau des holländischen Bildhauers wurde seine Geliebte, die Tochter des ehemaligen Armeekommandanten folgte ihm in die Wohnung, kleine Mädchen betrachteten ihn als Lehrmeister in der Kunst des Liebens, für eine Nacht in den Armen einer jugendlichen, von ganz Wien umworbenen Schauspielerin hatte er ein Vermögen gegeben, Tausende von Frauen wären bereit gewesen, ihn für seine Liebe fürstlich zu belohnen – alle konnte er haben, alle ohne Ausnahme, und in der letzten Zeit war es bei ihm geradezu zur fixen Idee geworden, ein Weib zu suchen, das ihm auf die Dauer widerstanden hätte.

Ein Schauer lief Kolo Isbaregg über den Rücken. Wohin steuerte er eigentlich, wo war der Hafen für sein Lebensschiff? Champagner, kostbare Krawatten, Weiber – das sind Zutaten, aber kein Inhalt; wo war das Große, Feste, Wuchtige, um das sich alles gruppieren sollte? Noch hatte er Geld, noch lag in dem Schreibtisch seiner schönen Wohnung ein kleiner Teil der Banknoten, die er sich aneignete und anfangs mäßig, dann aber immer rascher abhob; noch ein paar Monate, dann …

III. Kapitel

Ein kühler Frauenarm, bis zur Achselhöhle fast von dem Handschuh umspannt, hängte sich an ihn. Eine überschlanke Gestalt in blaßblauer Seide, das Gesicht bis knapp zu den dünnen Lippen verhüllt, um den Hals eine sechsfache Perlenschnur geschlungen, stand neben ihm:

»Aber, aber, was für finstere Augen, welche Falten auf der Stirn! Du siehst aus wie das böse Gewissen unserer Zeit und bist doch ein schöner Mann, dem sicher alle Herzen zufliegen.«

»Ich bin müde, müde von so viel Liebe, wie sie hier sich erringen läßt, und suche den Sinn dieser Redoute, ohne ihn finden zu können.«

»Wer sucht, findet nie, und nur wer sich gerne anlügen läßt, zählt zu den Weisen. Und da im Wein nicht die Wahrheit, wie die Großväter behauptet haben, liegt, sondern die schönste Lüge, so ist der, der weinschwer ist, der wahre Weise. Komm, werde mit mir klug.«

Prüfend glitt Kolos Kennerauge über die Gestalt. Schmale Füße, dünne Fesseln, gute Rasse, aber doch kein schöner Körper. Schlank zwar, aber keine edle, weiche Magerkeit, sondern knochige, eckige. Lippen einer Frau, die von unerfüllter Sehnsucht zusammengepreßt werden, die graugrünlichen Augen der Hysterikerin – aber ein kluges, interessantes Weib, sicher nicht banal und alltäglich und – Donnerwetter – die Perlen um den Hals deuten auf alten, guten Reichtum, denn solche sechs Reihen gleichgroßer Perlen konnte die Frau Kriegsgewinnler mit allen ihren Millionen nicht zusammenhamstern.

Kolo saß mit seiner Dame in einer Loge, und die ersten hastig geleerten Sektkelche lösten die Zungen, belebten die

Laune. Prickelnd, spitz, moussierend flogen die Worte hinüber und herüber, Bosheiten, von denen ein Possenmacher zwei Jahre hätte leben können, entglitten den Lippen, und dazwischengeworfene feine, kluge Bemerkungen zeigten der blaßblauen Maske, daß ihr Herr wahrhaftig nicht zu den alltäglichen gehörte, wie auch Kolo bald die Überzeugung gewann, in seiner Nachbarin auf dem Samtsofa ein Weib von Kultur und tiefer, für seinen Geschmack allzu tiefer Bildung zu haben. Während an der Brüstung der Loge die Paare vorbeipromentierten, machte die Unbekannte über diese oder jene Persönlichkeit Bemerkungen, aus denen Kolo ersah, daß sie in den ersten Gesellschaftskreisen zu Hause sein mußte. Es reizte ihn, zu wissen, wer sie sei, aber er fragte natürlich nicht, wie er sie auch nicht bat, die Maske abzulegen. Er wollte diese nette Tändelstunde ganz auskosten, ohne eine Enttäuschung zu erleben, und er kannte seine Wirkung auf Frauen genug, um überzeugt zu sein, daß sie es schließlich wäre, die ihm die Möglichkeit einer späteren Annäherung aus eigenem Antrieb geben würde.

Und so war es auch. Gegen drei Uhr morgens, als sich die Promenade im Saal längst in ein bacchantisches Durcheinanderwirbeln gewandelt hatte, erhob sich die Dame in Blau und reichte ihm die Hand zum Abschiedskuß:

»Sie waren sehr nett, ich habe mich mit Ihnen gut unterhalten. Und weil Sie so gar nicht indiskret und neugierig waren, dürfen Sie mir später, wenn ich mich mit meiner Gesellschaft im Tabarin befinde, eine Rose zuwerfen. Jetzt aber muß ich gehen, sonst werden meine Vettern und Basen, Tanten und Onkel böse und in ihrer Moral gekränkt.«

Kolo Isbaregg schlenderte noch ein paarmal im Saal umher, hatte Mühe, Frauen, die ihn nicht interessierten, wieder loszuwerden, mußte eine Eifersuchtsszene über sich ergehen lassen, die ein kleines, von ihm fast einen Monat lang geliebtes Ballettmädel ihm durchaus machen wollte, und ging dann zu Fuß durch die frostklirrende Winternacht nach dem Tabarin.

Die Frau, mit der er eine Stunde in der Loge zugebracht, hatte ihn nicht sonderlich erwärmt, es war nicht die Gier nach einem erotischen Abenteuer, die ihn voll Erwartung den kleinen Saal des »Tabarin« genannten, vornehmen und sündhaft teuren Nachtlokales betreten ließ, es war eine eigenartige Spannung, die instinktive Witterung, daß dieses kleine, an sich so unbedeutende Abenteuer irgendwie von einschneidender Wichtigkeit und Entscheidung werden würde.

Die Geigen jauchzten, auf dem Podium hüpfte in gewagtester Kostümlosigkeit eine Französin aus Debreczin, das Publikum sang mit, und von Loge zu Loge, von Tisch zu Tisch flogen die Rosenbündel, die ein gnomartiger Mann korbweise verkaufte. Als im Saal die große schlanke Gestalt Kolos auftauchte, wurde sie von allen Seiten zum Ziel genommen. Begehrende Frauenblicke flogen ihm zu, und mit einem Gemisch von Behagen und leiser, mitleidiger Verachtung stellte Kolo fest, daß er nur zu wählen hatte, um die schönen Frauen mit den entblößten Schultern an sich zu reißen, gleichgültig, ob es Grisetten, große Amoureusen oder vornehme Damen waren. Kühl lächelnd blieb Isbaregg stehen, ließ die ihm zugeschleuderten Rosen achtlos zur Erde gleiten und suchte Tisch auf Tisch mit den Augen ab, bis er sie gefunden. Obwohl sie die Larve nicht mehr trug und das blaßblaue Kleid unter den Rosenbüscheln fast verschwand, hatte er sie doch sofort erkannt. Schön? Nein, schön war sie nicht! Die Stirne für eine Frau zu hoch, die Wangen nicht weich und zart, sondern eckig, der Mund zu dünn, die Augen zu unbestimmt in der Farbe, und die Augenbrauen nur ein dünner Strich. Eine seltsame kluge Herbheit, gemischt mit fast brutaler, nervöser Sinnlichkeit, zitterte und vibrierte über dieser ganzen Erscheinung. Sie saß in großer Gesellschaft, und mehrere der Damen und Herren kannte Kolo. Da war die alte, häßliche, aber geistreiche Erdödy, die junonisch-schöne, aber blitzdumme Dunkelstein, die dreimal geschiedene Szapary, der berühmte Herrenreiter Dumblinsky, der Agrarier Schwarzenstein – alles Leute, die vor kurzem noch als Grafen und Fürsten zum Hof gehört hatten, heute sozial in der Luft hingen, nicht Bürger und nicht Aristokraten, mitten im finanziellen Ruin waren oder ihn schon überstanden hatten, wenn sie nicht rechtzeitig ihren Reichtum, zum Teil wenigstens, im Ausland hatten bergen können. Und richtig, der kleine, dicke Herr mit der violetten Seidenweste war der Baron Kutschera, ja, der Baron, denn er hatte feierlich erklärt, jedem, der ihn per Herr Kutschera anreden würde, ins Gesicht zu schlagen. »Ich bin der Baron Kutschera und nicht der Herr Kutschera, damit basta! Man kann mir mein Geld nehmen und meine Güter enteignen, aber nicht meinen Namen – der ist gottlob nicht greifbar!« Das war sein Standpunkt, der auch allseitig respektiert wurde. Diesen Baron Kutschera, der übrigens nach unverbürgten Gerüchten früher in der Monarchie von Ordensvermittlungen gelebt hatte und jetzt von Gutsverkäufen und Ehearrangements, kannte Kolo sehr gut, er gehörte sogar zu seinem näheren Umgang, und so schritt er ruhig auf ihn zu, um ihn zu begrüßen.

Da Kutschera fühlte, daß sämtliche Damen in seiner Loge Isbaregg mit sehr wohlwollenden Augen betrachteten, stellte er sich vor und forderte Kolo auf, bei ihnen Platz zu nehmen. Und so erfuhr Isbaregg, daß die Dame in Blaßblau Dagmar Tökely heiße. Während Kolo sich stumm und förmlich verbeugte, sagte Frau Tökely mit ein wenig forciertem Lachen, das ihre Erregung verdecken sollte:

»Die Welt ist klein, Herr Isbaregg, vor wenig mehr als

einer Stunde bin ich mit Ihnen im Konzerthaus promeniert, und nun lernen wir einander ganz förmlich kennen.« Und lud ihn mit einer Handbewegung ein, sich neben sie zu setzen.

Von der einen Stunde in der Loge hatte sie keine Erwähnung getan und damit eine leichte Intimität zwischen ihm und ihr erzeugt.

Zu einer einheitlichen Unterhaltung kam es nicht, der Lärm war zu groß, der Champagner hatte auch schon die Sinne zu sehr umnebelt, und das Werfen und Auffangen der Rosen nahm alle Aufmerksamkeit in Anspruch. Der scharfen Beobachtung Kolos entging es aber nicht, daß Frau Dagmar – er wußte noch immer nicht, ob sie Witwe oder geschieden war – den Mittelpunkt der Gesellschaft bildete und zwei Herren, ihre Vettern, ihr eindringlich den Hof zu machen versuchten. Beide sahen ihn mißtrauisch und ein wenig gereizt an, und eine ältere Dame, Frau Thea Rasumoffsky, die von Frau Dagmar Tante genannt wurde und ihrerseits auch die Tante der beiden Herren zu sein schien, war ebenfalls über Kolo, dem alle Frauen die Köpfe und Augen zuwandten, nicht erbaut.

Es war früher Morgen, als der allgemeine Aufbruch erfolgte und die Diener mit Pelzen und Hüllen kamen, um ihre Herrschaften in die Automobile zu geleiten. Kolo beugte sich über die schöne schlanke Hand der Frau Dagmar Tökely, um sie zu küssen, und nicht ohne Befriedigung fühlte er, wie sie den Druck seiner Finger erwiderte, stärker, als es die Höflichkeit erfordert hätte. Und als sie schon im Begriff war, im Automobil zu verschwinden, wendete sie sich nochmals zu ihm um und sagte:

»Herr Isbaregg, Mittwoch nachmittags bin ich für meine Bekannten, Freitag für meine Freunde zu Hause. Sie können den Tag wählen.«

Kolo schlenderte mit Baron Kutschera noch nach einem

Kaffeehaus, und der geschwätzige kleine Mann, der alles und alle kannte und die lebendige Chronique scandaleuse von ganz Deutschösterreich bildete, erzählte ihm unaufgefordert von Frau Dagmar Tökely.

IV. Kapitel

Frau Dagmar war das einzige Kind des vor zwei Jahren verstorbenen dänischen Baron Aarhuis, der im Krieg sein ohnedies enormes Vermögen durch Lieferungen für England verzehnfachen konnte. Seine Tochter hatte nach seinem Tode ungefähr zwanzig Millionen Kronen geerbt, aber nicht wertlose österreichische, sondern dänische Kronen. Die Frau des Baron Aarhuis war eine Wienerin gewesen, eine Gräfin Wallwitz, die aber schon lange tot war. Die Tochter Dagmar pflegte nun in Wien bei ihren Verwandten immer einen Teil des Jahres zu verbringen, und bei dieser Gelegenheit habe sie auch kurz nach Beginn des Weltkrieges den Baron Imre Tökely, einen schneidigen ungarischen Offizier, kennengelernt, dessen Finanzen allerdings recht sehr in Unordnung geraten waren. Nun, der alte Aarhuis war einverstanden, und so wurde denn Hochzeit gemacht.

Das Eheglück dauerte aber nicht lange, es müsse sich irgend etwas ereignet haben, was natürlich nicht in die Öffentlichkeit gedrungen sei, jedenfalls habe sich Baron Tökely, der in Wien im Generalstab war, plötzlich, nach kaum vierzehntägiger Ehe, freiwillig an die Front gemeldet, wo er denn auch beim Durchbruch in den Karpaten an der Spitze seiner Eskadron gefallen sei. Die Leiche wurde nach Wien gebracht, aber Frau Dagmar habe das gar nicht abgewartet, sondern sei rasch zu ihrem Vater nach Kopenhagen gefahren, um dort in voller Zurückgezogenheit zu leben. Erst vor einem Jahr sei sie nach Wien übersiedelt, habe hier ein wunderbares Palais in der Prinz-Eugen-Gasse gekauft und königlich eingerichtet und lebe dort allein, ihres Geldes wegen viel umworben, von Tanten und Basen beneidet und bemuttert, aber ersichtlich verbittert. Überhaupt – sie sei eine sehr geistvolle, aber reichlich boshafte Person, die einem mit größter Gemütsruhe Unannehmlichkeiten sagen könne und scheinbar nicht die geringste Absicht habe, nochmals das Glück der Ehe zu versuchen.

Kolo ließ den kleinen, dicken Kutschera reden und hielt sich an das Tatsächliche, das dieser geschwätzige Herr erzählte, ohne seinen psychologischen Schlußfolgerungen viel Beachtung zu schenken. Und der Gedanke an Dagmar Tökely, die ihn reizte, ohne ihm zu gefallen, folgte ihm in den Schlaf, den er erst fand, als die Stadt längst zum Leben und zur Arbeit erwacht war.

Frau Dagmar war allein, als Kolo Isbaregg am nächsten Freitag seinen Besuch machte. Konventionelle Begrüßung, leichte weltmännische Unterhaltung, an die Ballnacht anknüpfend, und es dauerte eine geraume Weile, bevor beide die Maske fallen und erkennen ließen, daß sie einander suchten, prüften, in die geheimen Winkel der Seele eindringen wollten. Dagmar ließ in reichlich mokanter Weise ihre gräflichen und freiherrlichen Verwandten und Bekannten Revue passieren, und mehr als einmal fühlte sich Kolo durch die rücksichtslose Härte ihres Urteils unangenehm berührt. Er kleidete das schließlich in Worte:

»Ich sehe also, daß Sie einen großen Bekanntenkreis, aber keine Freunde haben, geistig turmhoch über all den Leuten stehen, mit denen Sie verkehren, also eigentlich inmitten des ganzen gesellschaftlichen Trubels einsam sind. Sie sind, wie Sie selbst mir sagen, musikalisch, ohne sich aber der Musik ganz ergeben zu können, Sie reisen gerne, aber eine innere Unrast läßt Sie nie lange an einem Ort verweilen. Sie sind zu klug, um bei dem Wohltätigkeitsschwindel, dem Ihre Kreise noch immer ganz gerne huldigen, mitzumachen, und zu kritisch, zu wenig naiv, um sich an Basarveranstaltungen und Hausfesten zu beteiligen. Sicher haben sie als Dame der großen Welt, die ein ganzes Palais bewohnt und ein kleines Heer von Bedienten besoldet, viel zu tun, aber doch nur in rein äußerlicher Weise. Was nun bildet den Inhalt Ihres Lebens? Was füllt Sie aus, worauf freuen Sie sich?«

Dagmar schwieg eine ganze Weile, bevor sie erwiderte:

»Sie stellen Fragen, die kein anderer nach so kurzer Bekanntschaft stellen dürfte. Aber Sie gehören, scheint es, zu den Männern, denen man gleich vertraut, die den Typus des verständnisvollen und sympathischen Beichtvaters bilden. Und so will ich Ihnen auch gerne antworten: Nichts füllt mich aus, mein Leben hat keinen Inhalt – ich warte! Ich warte auf das große Wunder und Abenteuer, ich warte, daß ein Mensch oder ein Ding kommt oder eine Idee oder irgend etwas, was mich ganz ergreift, meine Kritik und Selbstbeobachtung, mein ›Über-den-Dingen-stehen‹ vernichtet und mich untertauchen läßt, so daß von mir nichts übrigbleibt als ein dummes Weibchen, wie es alle anderen sind!«

»Das heißt, Sie warten auf den Mann, nicht auf einen Mann, sondern auf den Mann, der Ihnen bestimmt ist und irgendwo wartet, bis er Sie erlösen kann!«

Dagmar hatte sich verfärbt, ihre Augen irisierten, sie schaute tief und scheu vor sich hin und sagte tonlos:

»Sie haben es erraten, Sie kluger Mann, Sie! Ich tue das, was alle anderen Frauen, die ihn noch nicht gefunden haben, tun. Ich warte auf den Herrn, der mir Gott und Gebieter sein kann, so daß ich in Selbstvergessenheit versinke und zu seiner demütigen Magd werde.«

Und weil damit das Gespräch zu einem Punkt gediehen war, der überwunden werden mußte, lachte Frau Dagmar schrill und nervös auf:

»Das nenn ich eine nette Fortsetzung unserer Redoutenunterhaltung! Pfui, wie dumm, klug sein zu wollen! Sprechen wir lieber über die neueste Skandalgeschichte im Hause Niederlohe, in dem es, seitdem man durch Volkswillen nicht mehr fürstlich ist, so plebejisch zugeht, daß man wirklich an dem Märchen vom blauen Blut verzweifeln könnte.«

Und Frau Dagmar erzählte, wie Frau Irene Niederlohe ihren Gatten in ihrem Boudoir in zärtlicher Umarmung mit der Zofe angetroffen habe, als sie unerwartet früh von einem Spazierritt heimgekehrt war. Die ebenso temperamentvolle wie schöne junge Frau habe zum Schlag mit der Reitgerte ausgeholt, aber die Zofe sei ihr drohend entgegengetreten und habe die Worte gezischt: »Wenn gnädige Frau sich nicht schämen, mir meinen Peter abspenstig zu machen, so werde ich mich doch wohl an Ihrem Herrn Germahl schadlos halten dürfen!« Worauf sich Herr und Frau Niederlohe derart in die Haare gerieten, daß die Zofe sie mit Hilfe des Kammerdieners Peter trennen mußte. Das Ende dieser kleinen Affläre war – das Ehepaar versöhnte sich, und Peter konnte mit Hilfe einer ansehnlichen Mitgift, die er von dem gnädigen Herrn und der gnädigen Frau erhielt, seine Fanni heiraten.

So war man aus dem schweren, trüben Strom der Gedanken in das seichte, aber amüsante Geplätscher kleiner Frivolitäten gekommen, als die Glocke des Tischtelefons erklang.

»Doktor Löwenwald? Natürlich, Sie sind willkommen, wie immer. Ich erwarte Sie!«

Frau Dagmar erklärte: »Sie hatten unrecht, als Sie vorhin meinten, ich hätte keine Freunde. Einen wenigstens habe ich, und den werden Sie sofort sehen. Ein seltsames Menschenkind, das ich noch als Mädchen vor Jahren an der Ostsee kennengelernt habe. Doktor Ludwig Löwenwald, ein Rechtsanwalt, aber wahrhaftig kein Rechtsverdreher, sondern der lauterste, feinste und gütigste Mensch, den es nur geben kann. Ein Jude, aber einer von jenen Juden, die nicht an Judas, sondern an Christus erinnern.«

Und da sie einen verdrossenen Zug über Kolos schönes Gesicht gleiten sah: »Nun sind Sie ärgerlich. Sehr schmeichelhaft für mich, weil das beweist, daß sie lieber mit mir allein bleiben wollten.«

Isbaregg lächelte: »Nicht nur das hat meine Laune getrübt, sondern Ihre einleitende Bemerkung, daß dieser Herr Ihr einziger Freund sei. Ich war anmaßend genug, mich selbst als Ihr Freund zu fühlen, obwohl ich Sie heute erst zum zweitenmal sehe.«

»Zum drittenmal, denn Redoute, Tabarin und mein Zimmer – das sind drei ganz verschiedene Welten! Was aber Ihren Wunsch betrifft, mein Freund zu sein – nun« – die Worte kamen heiser und gepreßt aus Dagmars Mund – »Sie sind nicht der Mann, mit dem ein Weib Freundschaft halten kann.«

Kolo war zufrieden. Das war ein Geständnis! Und er fühlte, wie die Fäden sich enger und enger um ihn und diese Frau, die er nicht kannte und nicht liebte und doch nicht gleichgültig betrachten konnte, woben.

V. Kapitel

Der Diener meldete: »Doktor Ludwig Löwenwald.« Ein hagerer Mann mit der vornübergebeugten Haltung des Schwindsüchtigen, einen Zwicker vor den kurzsichtigen, heiteren Augen, betrat linkisch und eckig das Zimmer. Kolo, der immer auf der Jagd nach Typen war, lachte behaglich in sich hinein. Einen häßlicheren Menschen mit gewinnenderem Wesen hatte er kaum noch gesehen. Die scharfe jüdische Hakennase reichte dem Rechtsanwalt fast bis auf das vorspringende Kinn, der breite Mund war wulstig wie der eines Negers, und aus dem schwarzen Kraushaar ragten schneeweiße Büschel hervor, wie Disteln aus einer Wiese. Dabei war Doktor Löwenwald von einer grotesken Schäbigkeit in seiner Kleidung, wie sie sich sonst wohl kaum in das Palais in der Prinz-Eugen-Gasse zu verirren pflegte. Zum langen schwarzen Gehrock trug er aus irgendwelchen geheimnisvollen Gründen dunkelblaue Beinkleider, die Manschetten rutschten immer wieder bis zu den Fingerspitzen, und die mächtigen Füße waren mit Zugschuhen bekleidet, aus denen die Laschen neckisch heraustraten und sichtbar wurden, da die Hose zu kurz war. Aber die Hände! Schlanke, schneeweiße Marmorhände mit blauem Geäder, Hände, aus denen die Dekadenz der alten jüdischen Familie, Vornehmheit und reines, frauenhaftes Empfinden, deutlich jedem Kenner, sprachen. Und Kolo Isbaregg sah immer wieder die Hände dieses mageren, krummen Riesen an und fühlte eine Welle von Sympathie von sich zu ihm hinüberrauschen. Sympathie, der nicht einmal die Tatsache Abbruch tat, daß Dr. Löwenwald, als er sich an den Teetisch setzte, sofort ein Glas umwarf und ihm furchtbar auf den Lackstiefel trat.

Die Unterhaltung wurde fortgesetzt, wo sie unterbrochen

worden war, und der Rechtsanwalt lachte ein gutmütiges, meckerndes Lachen, wenn Frau Dagmar ihre Bosheiten auftischte, erzählte selbst von dieser und jener bekannten Persönlichkeit ein Histörchen, das man boshaft hätte nennen können, wenn es nicht mit solchem Unterton von Wohlwollen und Güte herausgebracht worden wäre. Er sagte, daß er einen angenehmen und erfolgreichen Tag hinter sich habe. Er habe einen armen Teufel von Buchhalter zu verteidigen gehabt, der der fortgesetzten Unterschlagung angeklagt war. Dieser Buchhalter, der von seinem elenden Gehalt eine große Familie zu ernähren habe, sei durch Zufall in die Lage gekommen, seinem Chef monatlich sechzig Kronen zu unterschlagen, und zwar schon seit drei Jahren. Es sei nämlich einmal vor drei Jahre ein Laufbursch weggegangen, wobei man vergaß, dessen Gehalt von sechzig Kronen in den Büchern zu streichen. Und so habe der Buchhalter allmonatlich diese sechzig Kronen bekommen und für sich behalten. Der Staatsanwalt sei sehr streng mit dem Sünder ins Gericht gegangen und habe ihn einen Gewohnheitsverbrecher genannt. Da sei er, Doktor Löwenwald, aufgestanden und habe erwidert: »Herr Staatsanwalt, ich bewundere Sie und neide Ihnen den Mut, den Sie an den Tag legen. Ich bin nämlich der festen Überzeugung, daß Sie an der Stelle des Angeklagten, der drei Kinder und eine Frau zu ernähren hat, genauso gehandelt hätten, ja ich behaupte sogar, daß es die tiefere menschliche Pflicht meines Klienten war, seiner Familie diese Summe zukommen zu lassen, als sie seinem reichen Chef zu erhalten.«

Daraufhin habe ihn der Vorsitzende wegen ungebührlichen Benehmens zu fünfzig Kronen Ordnungsstrafe verurteilt, aber die Geschworenen hätten gelacht und den Buchhalter freigesprochen.

Auch Frau Dagmar und Isbaregg lachten hell auf, aber Dr. Löwenwald seufzte:

»Was fang ich nun mit dem armen Teufel an? Eine neue Stelle wird er schwerlich bekommen, und wovon soll er mit den Kindern leben? Ich möchte ihn am liebsten in meine Kanzlei nehmen, aber ich kann ...« Dr. Löwenwald errötete und schwieg.

Frau Tökely stand auf, verschwand in dem nebenan gelegene Bibliothekssaal und reichte dem Rechtsanwalt, als sie zurückkehrte, zehntausend Kronen mit der Bitte, den Betrag seinem Klienten zukommen zu lassen.

Dr. Löwenwald küßte ihre Hand und sagte schmunzelnd: »Ich danke Ihnen, Sie sind sicher nicht das, was man eine gute Frau nennt, aber Sie sind ein ganzer Mensch, und das ist mehr. Ich werde dem Mann das Geld sofort anonym ins Haus schicken, damit er nicht danken muß, das ist immer so peinlich und überflüssig.«

Kolo Isbaregg sah auf die nervösen Finger, die die Banknoten in die Brieftasche schoben, und liebte diesen Mann.

Sie brachen gemeinsam auf, und der Rechtsanwalt nahm gerne die Einladung Isbareggs an, mit ihm das Abendessen in seiner Junggesellenwohnung einzunehmen. Da sie durch die Innere Stadt gegangen waren, kaufte Kolo rasch noch allerlei kalte Eßwaren ein, und der Zufall wollte, daß die beiden Herren jenes Geschäft betraten, in dem vor nicht ganz einem Jahr Kolo als Hungernder gestanden war, bis die üppige, überhitzte Jüdin ihn durch ihre Blicke an sich gelockt und im Verlaufe der Ereignisse dadurch sein Leben eine Wendung genommen hatte. Und während die Verkäuferin den Schinken und die Würste schnitt, mußte Kolo wieder an die Vergangenheit zurückdenken, an den arbeitsfreudigen, Idealen nachjagenden Koloman von Isbaregg von gestern und den ernüchterten, nur Lebensgenuß suchenden Kolo Isbaregg von heute. Bestimmen die Zufälligkeiten das Schicksal, oder ist es der Mensch, der die Zufälligkeiten als Bausteine benützt – dieses uralte Problem beschäftigte ihn so stark, daß ihm die Verkäuferin eine ganze Zeitlang vergebens die Pakete hinhielt und Löwenwald in das versonnene Antlitz des neuen Freundes blickte.

Das Junggesellensouper gestaltete sich behaglich, der Diener Kolos servierte lautlos und geschickt, der Wein war gut, und der schwarze Kaffee mit den Importierten löste die Stimmung vollends, weckte die Lust, aus sich herauszugehen, von sich zu erzählen, vom anderen zu erfahren. Kolo schilderte das Leben in Kanada, sprach von seiner Jugend und ging flüchtig über die letzten Jahre nach dem Krieg hinweg, indem er andeutete, daß er der Erbe seines verstorbenen Onkels und Vormunds sei und daher das beschauliche Leben eines Bummlers führen könne.

VI. Kapitel

Der Rechtsanwalt, der um etliche Jahre älter sein mochte als Isbaregg, hatte nach außenhin wenig erlebt, war kaum je über die Grenzen des Landes hinausgekommen, und doch ergriff das, was Löwenwald nicht erzählte, ja kaum andeutete, Kolo mehr, als es die tollsten Abenteuer hätten tun können. Irgendwie fühlte sich der Mann, dem bisher der Jude immer als inferiore, halb verächtliche, halb komische Person erschien, der durch einen mit kaltem Blut begangenen Mord der Armut entgangen war, dem jüdischen Rechtsanwalt Löwenwald, der das Herz eines Kindes besaß und sicher nie einem Menschen zum eigenen Vorteil einen Schmerz hätte zufügen können, er fühlte sich diesem Juden wesensverwandt, empfand, daß gerade dieser Mensch ihn verstehen und nicht verurteilen würde. Der Mann, der sich in seiner unbändigen Lebenslust, in seiner übergroßen Kraft und Willensstärke über alles das hinwegsetzen mußte, was anderen Moral ist, fand das Gemeinsame mit dem anderen, der aus Menschenliebe und Mitleid mit allen gequälten Kreaturen erst recht jenseits von Gut und Böse stand.

Ludwig Löwenwald war der Sohn eines kleinen galizischen Handelsmannes, der sich zu Tode gerackert hatte, um aus dem Einzigen, der ihm aus seiner Ehe am Leben geblieben war, einen studierten Herrn zu machen. Und vielleicht gerade weil der langaufgeschossene Judenjunge zu Hause in der galizischen Kleinstadt nichts als das Feilschen und Handeln, das Lauern auf den Vorteil und die Freude am kleinen Betrug gesehen, vielleicht gerade deshalb schlug er ganz in das Gegenteil um, fühlte sich von allem, was an Erwerb und Verdienen erinnerte, abgestoßen und betrachtete Geld lediglich als abscheuliche Notwendigkeit. Der alte Vater erlebte noch die große Freude, den Sohn, der in Wien studiert hatte, das Doktorat erwerben zu sehen, dann schloß er die ewig wachen, entzündeten Augen für immer und konnte dem Sohn gerade so viel hinterlassen, daß dieser durchzuhalten vermochte, bis er in Wien Bezirksrichter wurde.

Aber diese Karriere, die dem Juden sauer genug gemacht worden war, erfuhr bald ein jähes Ende. Löwenwald erwies sich als absolut ungeeignet, die Rolle eines Strafrichters zu spielen, und zum Entsetzen seiner vorgesetzten Behörden sprach er alle die kleinen Diebe, Betrüger und Missetäter, die vor ihn hintraten, frei, wobei er sein Urteil gewöhnlich in einer Art und Weise begründete, die die in Ehren und Hämorrhoiden ergrauten Landesgerichtsräte nicht viel anders als absurd nennen konnten. Nur einen Schuster, der seinen Lehrjungen mißhandelt hatte, einen Kutscher, der seinem Gaul mit dem Peitschenstiel das Auge ausgeschlagen, verurteilte er zu so hohen Strafen, daß die alten Richter wieder entsetzt die Hände zusammenschlugen. Nach vierzehn Tagen wurde er dann zum Bezirksgerichte in Zivilangelegenheiten versetzt, aber diesen Posten bekleidete er gar nur zwei Tage lang. Dann nahm er Audienz beim Gerichtspräsidenten, erklärte sich absolut außerstande, gegen Witwen und andere arme Teufel mit Exekutionsurteilen vorzugehen, und teilte seinen Austritt aus dem Staatsdienst mit. Man war über diesen Entschluß nur zu froh, und Jahre hindurch erzählte man sich in Wiener Richterkreisen noch allerlei Anekdoten über den »verrückten Juden«.

Löwenwald wurde dann Rechtsanwalt und fühlte sich dabei recht wohl. Zivilprozesse übernahm er nur in den seltensten Fällen, wenn es sich um die Wahrung der materiellen Rechte armer Leute gegenüber Reichen handelte, die Verteidigung von Schiebern, Wucherern und Ausbeutern wies er prinzipiell zurück, um so öfter aber ließ er sich ex offo zum Verteidiger armer Sünder, rückfälliger Verbrecher und anderer hoffnungsloser Fälle bestellen, wie er überhaupt immer mehr der Armenadvokat wurde. Als solcher hatte er auch schon glänzende Erfolge gehabt, die sich allerdings nicht in klingende Münze umsetzten. Seine Kanzlei, die in den Sprechstunden fast immer überfüllt war, trug ihm gerade so viel ein, daß er dürftig und bescheiden leben konnte.

Das war die Lebensgeschichte des Dr. Ludwig Löwenwald, dem der Verbrecher Kolo Isbaregg um Mitternacht die Hand mit der Bitte entgegenstreckte:

»Lassen Sie uns Freunde werden!«

VII. Kapitel

Derbytag. Ganz Wien war in der Freudenau, das alte Wien und das neue, die ehemalige Gentry von Österreich und Ungarn mit ihren Damen in betonter, vornehmer Schlichtheit und die im und nach dem Kriege Emporgekommenen, die allen Vermögensabgaben und Sozialisierungen zum Trotz Millionen aufgehäuft hatten und nun einen neuen, lärmenden Ton angaben, und deren Frauen und Töchter oft den Schmuck aufgeladen hatten, den die ehemalige Aristokratin in der Loge stückweise veräußern mußte. Schöne Frauen in Hülle und Fülle, rassig und schlank die jungen Weiber aus den uralten Familien, schön auch oft genug die Frauen und Töchter der Parvenus, die mit wienerischer Geschmeidigkeit rasch die Manieren der wirklich vornehmen Welt annahmen und kraft ihres Reichtums demnächst ihr rotes Blut mit dem blauen der enttitelten, depossedierten Hocharistokraten von 1918 mischen würden.

Eben schritten die Derbycracks zum Start, und zehntausend Feldstecher richteten sich dorthin, wo im nächsten Moment die weiße Fahne sinken und der Lauf beginnen würde, der über viele Millionen, die beim Totalisator und den Buchmachern gewettet waren, die Entscheidung zu bringen hatte. Kolo Isbaregg stand in der Loge, in die ihn Dagmar Tökely geladen hatte und in der außer ihnen auch die Tante Dagmars, Frau Thea Rasumoffsky, deren Neffe Hektor, eine Gräfin Wallwitz, Baron Kutschera und mehrere junge Herren sich drängten.

Ruhig, wie aus Erz gegossen, stand Kolo da, immer bereit, durch ein lustiges Wort, eine flüchtig dahingeworfene Bemerkung zu zeigen, daß ihn das Rennen da unten nicht sonderlich aufregen konnte. Und wirklich hätte kein Mensch ahnen können, daß er innerlich voll Aufregung und nervöser Spannung war. Kolo hatte in der letzten Zeit Unsummen ausgegeben. Schon sein normales Junggesellenleben verschlang bei der Teuerung, die nicht weichen wollte, große Beträge, dazu kam noch, daß er sich mit einer schönen, sehr talentierten Schauspielerin liiert hatte, die nichts besaß, Anfängerin war und erst lanciert werden mußte. Kolo, der das junge Geschöpf recht lieb hatte, übernahm es, ihr den Weg zu ebnen, ließ ihr kostbare Toiletten machen, richtete ihr eine reizende Wohnung ein, bis er vor einigen Tagen sich schließlich, wenn auch nur widerstrebend, entschlossen hatte, den Inhalt seiner Schreibtischschublade zu zählen. Und das Resultat war so deprimierend, daß er sehr nachdenklich wurde und – fast alles, was er noch besaß, zu riskieren beschloß. Der Herrenreiter Dumblinsky hatte ihm in sehr vorgerückter Stunde und einem Anfall von Vertraulichkeit mitgeteilt, daß nach Ansicht der Trainer nicht der hohe Favorit »Feldherr«, sondern der Außenseiter »Nationalrat«, der einem ehemaligen Schleichhändler und jetzigen Zuckerfabrikanten gehörte, die beste Chance habe, und Kolo wettete den Gaul in Beträgen von je zehntausend Kronen fünf zu eins bei acht Buchmachern. Errang »Nationalrat« das blaue Band, so war er wieder obenauf, unterlag er – nun, dann war er eben fertig!

Heute, am Derbytag, war das Gerücht von der Vortrefflichkeit des »Nationalrat« durchgesickert, einige Sportblätter hatten ihn direkt heraus als den sicheren Sieger getippt, und so war der dunkelbraune Gaul in letzter Stunde hoher Favorit geworden, und die Leute stellten sich in Reihen von Hunderten an, um beim Totalisator ihr Geld auf »Nationalrat« wetten zu können, während der Favorit von gestern, »Feldherr«, kaum noch Beachtung fand.

Die Pferde kamen nicht vom Start fort, immer wieder verhinderte ein nervöser Gaul den Ablauf, und die Spannung stieg ins Ungemessene. Frau Dagmar drehte sich um und winkte den Baron Kutschera zu sich:

»Wollen Sie versuchen, für mich noch tausend Kronen bei der Maschine zu placieren? Vielleicht geht es noch, und zwar auf ›Feldherr‹. Sehen Sie, alle Pferde sind nervös und naß, nur ›Feldherr‹ steht in eiserner Ruhe da und ist staubtrocken. Einfach vertraueneinflößend.«

Kutschera lief mit dem Tausendkronenschein fort und kam, als endlich der Start geglückt war, schweißtriefend zurück. Er hatte gerade noch den Tausender anbringen können und versicherte, daß »Feldherr« beim Totalisator vollständig vernachlässigt worden war.

In rasendem Tempo flogen die vierzehn Pferde dahin, in einem Rudel, wie ein Klumpen, der unlösbar bleibt. Erst nach der halben Distanz lockerte sich der Knäuel, einige Gäule fielen glatt ab, andere schoben sich in den Vordergrund, und schon ertönten die Rufe der Aufgeregten: »Feldherr« – »Nationalrat«! Tatsächlich lagen die blauen Farben des »Nationalrat« und die roten des »Feldherr« dicht nebeneinander an der Tete.

Die Pferde bogen in die Gerade, die Hälfte von ihnen war aber schon so gut wie geschlagen. »Feldherr« und »Nationalrat« hatten sich ganz von den übrigen gelöst und ritten Gurt an Gurt.

Nun kamen die Derbykandidaten vor die Tribüne, und die Aufregung wurde ungeheuer. Der Reiter des »Nationalrat« riß seinen Gaul nach vorn, mit riesigen Galoppsprüngen gewann er Raum, während »Feldherr« an ihm zu kleben schien. Ganz leise zitterte das Glas in der Hand Kolos: Ein paar Sekunden noch, und er hatte sein Geld fünffach hereingebracht! Da plötzlich ein Raunen, das zum Brausen wurde, ein Toben und Heulen der Menschenmassen: »Davies« – dies der Jockey des »Nationalrat« – greift zur Peitsche, »Nationalrat« fällt zurück, »Feldherr! Feldherr! Feldherr!« Und richtig sauste wie ein abgeschossener Pfeil »Feldherr« heran, schon lag er Hals an Hals neben dem Rivalen, auf den der Jockey mit der Kraft der Verzweiflung einhieb, nun hatte er ihn überholt, und jetzt flog er als Sieger an der Richtertribüne vorbei – durchs Ziel.

Frau Dagmar klatschte vergnügt in die Hände und wendete sich zu dem hinter ihr stehenden Isbaregg: »Sehen Sie, ich habe Pferdeverstand!« Und gleich darauf betroffen: »Warum so blaß, lieber Freund? Haben Sie sich auf ›Nationalrat‹ so tief eingelassen?«

Kolo lächelte aber nur und sagte leichthin: »Keine Spur! Nicht der Rede wert, nur hat mich der interessante Endkampf gepackt.« Und während die Multimillionärin höchst vergnügt für ihren Tausendkronenschein zehn Stück zurückerhielt, überlegte Kolo und kam zu dem Resultat, daß er genau noch einen Monat seine Rolle würde spielen können, dann aber in der Versenkung verschwinden müsse. Wenn nicht ... Und schon straffte sich seine schlanke Gestalt, und mit einem innerlichen Ruck schüttelte er die Energielosigkeit und Lauheit, mit denen ihn das Wohlleben eines Jahres umhüllt hatte, ab. Nun galt es wieder zu handeln, das Leben zu meistern, hart, energisch, zielbewußt anzupacken. »Man muß sich auf den eigenen Kopf, nicht aber auf die Beine eines Gaules verlassen!« Mit dieser Sentenz machte Kolo einen Strich unter die Vergangenheit.

Dagmar Tökely war in bester Laune, und das beschloß Kolo zu nützen. Es erleichterte ihm auch in anderer Beziehung seine Pläne, weil Frau Dagmar, wenn sie den herben Zug um den Mund verlor, körperlich reizvoller wirkte. Die dünnen Lippen waren nicht so unhübsch, wenn sie lächelten, und die Augen in ihrer unbestimmbaren Farbe wurden gütig-blau, wenn sie Momente der Freude und Zufriedenheit schauten.

Das Verhältnis Kolos zu Frau Dagmar Tökely hatte sich im Laufe der Monate seltsam genug gestaltet. Er war ihr Freund geworden, ihr bester Freund sogar, denn Löwenwald hatte sich mit mildem Lächeln gerne in den Hintergrund zurückgezogen, aber auch nicht mehr als ihr Freund. Und doch wußte Kolo ganz genau, daß diese Frau mit erregten Sinnen auf ihn wartete und ihn mit der Leidenschaft der Unbefriedigten, in Gier und Selbstzermarterung liebte. Er fühlte aber auch, daß Dagmar Angst vor ihm, Angst vor sich selbst hatte und daß die Gefühle in ihr einander widersprachen, miteinander kämpften und Momente der sanftesten Zärtlichkeit wie auch solche des aufsprühenden Hasses gegen ihn erzeugten. Vor allem aber wußte er, daß ihn Dagmar vollständig kalt ließ, er in ihr das verfeinerte Kulturwesen, die »Große Dame«, die kluge, gebildete Freundin verehrte, nie aber das Weib in ihr sah, niemals den Wunsch empfand, sie an sich zu reißen, niemals in seiner Phantasie sich mit ihr erotisch beschäftigte. Neben ihr hätte er auf einer Insel leben können, ohne sie zum Weibe zu begehren.

Und doch, heute stand der Entschluß fest und ehern in ihm da: Er mußte Dagmar Tökely gewinnen, mußte sie heiraten, um nicht in das Elend der Armut zurückzusinken!

Dagmar gab das Zeichen zum Aufbruch und lud Kolo ein, mit ihr und ihrer Tante Rasumoffsky und Vetter Hektor in die Stadt zu fahren. Diese Zusammenstellung hatte die Wirkung, daß Frau Rasumoffsky, die die Hoffnung, die reiche Nichte doch noch als Gattin des Lieblingsneffen umarmen zu können, nicht aufgeben wollte, wütend war, während Hektor, bis über die Ohren in eine niedliche Soubrette verliebt, angestrengt nachdachte, wie er bald loskommen könnte. Bevor man aber das Auto bestieg, fand Kolo noch Gelegenheit, Dagmar ein paar Worte zuzuflüstern:

»Sie sind heute so lieb wie noch nie, und der Tag ist so

schön! Ich möchte heute gerne Ihr einziger Gast in Ihrem Hause sein! Oder ist das zu unbescheiden?«

Dagmar blickte ihn leuchtend an:

»Nein, gar nicht, und ich wünsche dasselbe wie Sie! Na, ich werde die Tante schon loswerden. Jedenfalls erwarte ich Sie zum Souper bei mir!«

Im Wagen klagte Frau Dagmar über plötzlich aufgetauchte Kopfschmerzen, gegen die auch das Riechsalz der Tante nichts nützen wollte. Und die Tante, die eben vorher ein Souper im Familienkreise – wie sie mit einem bissigen Seitenblick auf Kolo bemerkte – vorgeschlagen hatte, erklärte schließlich ärgerlich: »Ja, dann ist es wohl am besten, du fährst nach Hause und legst dich bald nieder.«

In diesem Augenblick ging Kolo zum Angriff vor, indem er unter dem Schutz der Autodecke und als bei einer Kurve der Wagen so heftig schleuderte, daß die Tante vollauf mit sich beschäftigt war, während Hektor sanft schlummerte, die Hand Dagmars ergriff und preßte. Ein Zurückzucken zuerst, dann ein heißer, feuchter Gegendruck waren die Antwort.

VIII. Kapitel

Eine einzige Glühbirne unter einem blaßgrünen Schirm verbreitete dämmeriges, sanftes Licht, durch das geöffnete Fenster hörte man das Rauschen der alten Kastanienbäume im Garten. Frau Dagmar saß halb liegend auf dem niederen Diwan, Kolo dicht neben ihr auf einem Tabourett, den Arm auf den Diwan gestützt, und Ringe flatterten aus der Zigarette in den schönen, weichen, leise nach Rosen duftenden Raum. Nervöses, erwartungsvolles Schweigen zwischen zwei Menschen, die wissen, daß Unausgesprochenes zur Aussprache herangereift ist, Entscheidendes gesagt werden muß.

Isbaregg ergriff die weiße Frauenhand, die, wie nicht zum Körper gehörig, herabhing, und brach das Schweigen:

»Frau Dagmar – woher stammt die Herbheit, die so oft Ihrem Wesen den Stempel der Verbitterung aufdrückt? Ich habe darüber nachgedacht und kam nie dazu, das Rätselhafte in Ihnen zu enthüllen. Oder tue ich Ihnen weh, wenn ich frage?«

Eine kurze Pause, in der man den Atem der Frau vibrieren hörte. »Nein, Sie tun mir nicht weh, wenn es auch qualvoll ist, darüber zu sprechen. Aber einmal muß es ja doch geschehen – gut, ich will Ihnen sagen, was ich noch nie jemandem gesagt habe. Sehen Sie, ich bin eine zum ewigen Schauen Verdammte. Immer dort, wo andere sich ganz dem Augenblick hingeben und die Augen schließen, bleibe ich wach, beobachte, schlüpfe förmlich aus meinem Leib heraus, um ihn zu beobachten, zu kritisieren, als gehörte er mir nicht. So war ich schon als ganz junges Mädchen. Wenn sich Backfische in den Armen ihres Tänzers wiegten, so empfanden sie nichts als die Lust, die leise, unbewußte oder auch sehr bewußte Erotik dieses Augenblickes, und alles, was sie sagen und empfinden konnten, drängte sich in das kitschige Wörtchen ›himmlisch‹ zusammen. Ich tanzte auch sehr gerne und sehr gut, und oft genug hatte ich meinen Tänzer recht lieb, wäre einem Flirt gar nicht abhold gewesen. Aber wenn er mich beim Walzer an sich drückte, so sagte diese außer mir stehende Dagmar: ›Aha, er drückt mich, um meine Brust zu fühlen! Und wie rot jetzt sein Gesicht ist! Wie sich die Krawatte verschiebt, wie sehr er schwitzt, wie sein heißer Atem sich an den Lippen zu kleinen Tropfen kondensiert!‹ Und fort war jede Stimmung, jedes hingebungsvolle Empfinden, jedes Sichselbst-Vergessen.«

»Einmal – ich war eben achtzehn Jahre alt geworden – gab mein Vater in unserem Park bei Kopenhagen ein Sommerfest. Mein Tischherr war ein reizender junger Wiener Herr, Dragonerleutnant, lustig, witzig, bildschön, wie geschaffen, einem jungen Ding den Kopf und die Sinne zu verdrehen. Ich hatte bei der Tafel mehr getrunken, als ich eigentlich vertrug, die Nacht war schwül und heiß, halb betäubt ließ ich mich von meinem Kavalier immer tiefer in den Park hineinführen, und als er mich auf eine Bank zog, an sich riß und meinen Mund, meinen Nacken mit Küssen bedeckte, da war ich den Bruchteil einer Sekunde ganz Hingabe, bereit, mich dem Verführungsversuch des schönen Burschen nicht zu widersetzen. Aber, wie gesagt: Nur den Bruchteil einer Sekunde! Dann fing ich wieder an zu beobachten, hörte, wie er vor Aufregung schnaufte, und fühlte den süßlichen Duft von Veilchenpomade aus seinem blonden Scheitel strömen. Aus! Ich lachte schrill auf, stieß ihn von mir, die Stimmung war verflogen!«

»So ging es mir immer; nie konnte ich reine Begeisterung empfinden; wenn die Duse spielte, sah ich die Schminke auf dem Ohrläppchen, wenn Caruso sang, beobachtete ich, wie er die Nasenflügel blähte und bei ganz hohen Tönen vor Anstrengung schielte. Und wenn in Gesellschaft Begeisterung laut wurde, hörte ich jeden falschen Ton, den die Menschen dabei anschlagen; wenn mich eine Landschaft wegen ihrer Schönheit packte, so mußte ich daran denken, daß diesen Gipfel wohl in diesem Augenblick ein schwitzender sächsischer Tourist bestampfe und in jenen tiefblauen Gebirgssee der Kanal eines Hotels münde.

So vergingen einige Jahre, in denen ich nie recht meines Lebens und meiner Jugend froh werden konnte. Denn abgesehen von dieser zersetzenden Kritik, die ich mit mir herumtrug und die mich quälte, quälten mich mehr noch die erregten Sinne des reifen Mädchens, das sich in der Sehnsucht nach dem Mann, dem einzigen, herrlichen, starken, großen Mann verzehrt – aber das sind Dinge, von denen man nicht sprechen kann, wenn man auch will. Bis ich eines Tages den Grafen Imre Tökely kennenlernte. Ein prachtvoller Mann, Vollblutmagyar, stark, fast wuchtig, durchaus klug und einigermaßen gebildet, das Temperament des Ungarn, der Mann, der jede Frau fasziniert, weil jede empfindet, daß sie in seinen Armen das höchste Liebesglück empfinden würde. Und da schloß ich gewaltsam die Augen, knebelte die Stimme neben mir, ließ meine Sinne allein sprechen und gab mich ihm im Geiste hin, bevor er noch um mich geworben. Die Verlobungszeit war mir ein einziger heißer Traum, alles in mir drängte zu ihm hin, ich war ganz Weibchen geworden, bereit zu lieben, zu umarmen, zu empfangen und zu gebären. Und dann kam das Furchtbare, die Hochzeitsnacht.«

Die Stimme Dagmars sank zu einem murmelnden Rüstern herab.

»Ich lag in den Armen des Mannes und – die Stimme neben mir sprach wieder. Statt mich mit geschlossenen Augen dem Taumel zu überlassen, fing ich an zu beobachten und wurde kalt wie ein Eisblock. Und die Stimme flüsterte mir zu: ›Siehst du, wie auch er erkaltet, fühlst du nicht, daß seine Leidenschaft sich in mitleidige Höflichkeit verwandelt, merkst du nicht, daß dein Leib ihn enttäuscht, daß er sich den Kuß auf deine Brust abringen muß, daß er mit prüfenden Augen über dich hinweggleitet?‹

Diese Nacht hat in mir alles getötet, was sanft und weich war. Als der Morgen anbrach, da war ich wohl sein Weib geworden, aber wir sahen uns nicht liebesglühend in die Augen, sondern wie zwei Feinde. In mir rang Haß mit rasendem Begehren, er war verlegen, von verletzender Höflichkeit, verwirrt und verstört. Am nächsten Abend zog sich mein Mann unter dem Vorwand, Kopfschmerzen zu haben, frühzeitig in sein Appartement zurück, dann kamen wieder Nächte, in denen er sich auf seine Pflicht besann und mir Zärtlichkeiten bot, von denen jede eine Lüge war, und als wir nach knapp zwei Wochen, beide zermartert und zermürbt, auch tagsüber das Alleinsein vermieden, da kam das Ende. Fast jubelnd brachte mir Imre die Depesche, die seine Abkommandierung zur Front enthielt, und tat dabei, als wäre dies ihm ganz überraschend gekommen. Ich erfuhr aber später, daß er selbst dringend den Frontdienst verlangt hatte. Ein kühler, fast wortloser Abschied, und ich habe ihn nicht wieder gesehen. Er fiel wenige Wochen später in den Karpaten.

Und nun werden Sie mich besser verstehen, lieber Freund, und mich wahrscheinlich so ekelhaft finden wie ich selbst.«

Kolo Isbaregg fand nicht gleich eine Antwort. Er war seltsam ergriffen, aber auch von einem Schauder erfüllt. Er verstand die Frau, die sich restlos seelisch vor ihm entblößt hatte, aber es graute ihm, und eine dumpfe Angst, die er einem Weib gegenüber noch nie empfunden hatte, überkam ihn. Am liebsten hätte er mit gütigen, wirklich von Herzen kommenden Worten getröstet, um sich dann rasch zurückzuziehen. Aber plötzlich glaubte er den Galopp der Derbypferde auf dem grünen Rasen zu hören, das Trostlose seiner Lage kam ihm zum Bewußtsein, er sah die dicke Jüdin aus dem Delikatessengeschäft treten, hörte das Röcheln des alten Geiger, und jeder Nerv in ihm straffte sich zu eisernem Willen. Kolo nahm die weiße, zitternde Hand, küßte sie und sagte mit seiner klingenden, melodischen Stimme, die Frauen an ihm so liebten:

»Sie armes Kind! Sie müssen das Leben und die Liebe aufs Neue lernen!«

Und als die Frau ihm die Hand entzog und sich in einem hysterischen Weinkrampf auf dem Diwan wand, da vergaß er selbst, daß er Komödie spielte, hob die Zuckende zu sich empor, bettete sie auf seinen Schoß, küßte und liebkoste sie, und erst später, viele Stunden später, kam es ihm zum Bewußtsein, daß der Mund, der nun den seinen suchte, bitter, feucht und dünn küßte und die Haut des Nackens und Busens, über den seine Lippen glitten, nicht den warmen Duft des begehrenswerten Weibes hatte, sondern sich herb und rauh und fremd anfühlte.

Es war Mitternacht, als Isbaregg das Rokokopalais in der Prinz-Eugen-Gasse verließ. Kaum betrat er das große Kaffeehaus auf dem Stephansplatz, um seine erregten Nerven durch einen kühlen Trank zu beruhigen, stieß er auf den unvermeidlichen kleinen Baron Kutschera. Nichts war ihm willkommener als dies. Er klopfte dem Baron auf die Schulter und sagte gelassen:

»Lieber Baron, eine Nachricht, die Sie sicher interessieren wird: Ich habe mich eben mit Frau Dagmar Tökely verlobt.«

Kutschera war nur einen Augenblick fassungslos, dann platzte er heraus:

»Gratuliere, lieber Isbaregg! Aber ich bitte Sie, nicht zu

vergessen, daß ich es war, der Sie mit Frau Tökely bekannt gemacht hat. Also bin ich eigentlich der Ehestifter und –«

»Verstehe, verstehe, Baron!« erwiderte lachend Kolo. »Sie sollen schon auf Ihre Rechnung kommen.«

Isbaregg schlenderte nach Hause, Kutschera aber rannte, was er laufen konnte, nach dem Jockeyclub, um dort die Neuigkeit zu verbreiten. Und schon im Morgenblatt der »Neuen Freien Presse« konnte man es in den Personalnachrichten lesen, daß sich der ehemalige Baron Koloman von Isbaregg mit Frau Dagmar Tökely, Witwe nach dem auf dem Felde der Ehre gefallenen Rittmeister Graf Imre Tökely, Tochter und alleinige Erbin des verstorbenen Baron Aarhuis aus Kopenhagen, verlobt habe.

Tante Rasumoffsky weinte vor Ärger, ihr Neffe Hektor freute sich, die schöne Dunkelstein seufzte neidvoll, und etliche kleine, liebe, amouröse Mädchen vergossen sogar Tränen, die von Herzen kamen. Im großen und ganzen aber gönnte man dem schönen, geistvollen und liebenswürdigen Mann die millionenreiche Partie.

Dr. Löwenwald schüttelte den Kopf und wunderte sich. Er konnte keinen Reim auf diese Verlobungsgeschichte finden und war verlegen, als er dem Freund und der Freundin seine Glückwünsche brachte.

IX. Kapitel

Tage und Wochen kamen, die Kolo späterhin in der Erinnerung als die qualvollsten seines ganzen Lebens betrachtete. Es begann jenes erotische Komödienspiel, das einer Frau leichtfällt, für den Mann aber Selbstzerstörung und Höllenqualen bedeutet. Mit Dagmar war von dem Augenblick an, da sie sich hingebungsvoll an seine Brust geschmiegt und seine Küsse empfangen hatte, eine entscheidende Änderung vorgegangen. Das Herbe in ihr wurde weich, die Seele verließ nicht mehr ihren Leib, sie verlor jede Kritik über sich selbst und den Mann, wurde schmiegsam, gütig, heiter, die aufgeloderte, in bitteren Jahren zurückgedrängte Sinnlichkeit, die ihr erster Mann in ihr gedrosselt hatte, umhüllte sie mit ihren sengenden, glühenden Flammen. Und je zärtlicher sie wurde, je wilder und hemmungsloser sie die Arme um den geliebten Mann schlang, um sich mit ihren durstigen Lippen an seinem Mund festzusaugen und ihm ins Ohr zu flüstern, wie heiß und rasend sie ihn liebte, desto kälter wurde Kolo innerlich, desto mehr fühlte er sich abgestoßen. Und da er ihre Küsse erwidern, da er die Komödie spielen mußte, wollte er sie zum Ende führen, so fühlte er sich vergewaltigt, und in die zärtlichen Worte, die er aus heiserer Kehle stammelte, zischte der Haß hinein, der Haß des starken Mannes gegen das Weib, das ihm die Kraft und die Freiheit nehmen will. Die feinfühlige, überempfindliche Dagmar aber fühlte nur die Küsse, hörte nur die gesprochenen Worte, ihr Unterbewußtsein, an dem sie früher so gelitten, war taub und blind. Dagmar merkte nicht, wie sehr ihrem Bräutigam daran lag, die Stunden des Alleinseins mit ihr zu verkürzen oder ganz zu vermeiden; es fiel ihr nicht auf, daß er sich jetzt in Gesellschaft ihrer Verwandten und Bekannten, die ihm früher unsympathisch und lästig gewesen waren, sehr wohl fühlte, sie wunderte sich nicht, daß er den neugewonnenen Freund Löwenwald fast nicht mehr von seiner Seite ließ, so daß sie beinahe nie allein waren. Dagmar freute sich der verstohlenen Momente, da sie sich an ihn schmiegen konnte, sie war glücklich, wenn ihr Fuß den seinen fand, wenn sie unter dem Tisch seine Hand, sein Knie streicheln konnte, und nicht einen Augenblick lang tauchte der Verdacht in ihr auf, daß dieser Mann sie nicht lieben, sondern wie alle die anderen, die sich um sie beworben hatten, nur die millionenreiche Erbin in ihr sehen könnte.

Kolo Isbaregg hatte Stunden, in denen er dem aufreibenden, schweren Spiel ein Ende machen wollte, weil er fürchtete, sonst plötzlich aus der Rolle zu fallen und brutal die Maske ablegen zu müssen. Schließlich – er war noch jung, wußte viel und kannte viel, das Leben nahm wieder halbwegs geordnete Formen an, und er würde sich irgendwie durchschlagen können! Wenn er aber dann nach solchem Entschluß sein schönes Junggesellenheim verließ und die Straße betrat, die hastenden, schwitzenden, bekümmerten Menschen sah, die noch immer vor den Auslagen der Lebensmittelgeschäfte gierig stehenblieben, dann schüttelte er sich und schritt den Weg weiter, den er begonnen.

Eines Tages, zu Ende des Monats Juli, nur eine Woche vor dem festgesetzten Hochzeitstermin, blieb er einen ganzen Abend mit Dagmar allein, da Löwenwald eine große Verteidigungsrede ausarbeiten mußte und ihn erst in der Nacht im Café treffen wollte. Sie sprachen von der Zukunft, Kolo schlug den Ankauf eines uralten Schlosses in Tirol vor und plante große Reisen, wenn erst die internationalen Beziehungen weit genug gediehen sein würden. Dagmar stimmte ihm in allem zu, sprang aber plötzlich auf, setzte sich auf seine Knie, umschlang ihn und rief: »Schau, du, das ist ja alles so gleichgültig! Die Hauptsache ist, daß ich dich habe und wir allein sein werden und ganz unserer Liebe leben können!« Ihr Leib drängte sich ungestüm an den seinen, ihre Hände klammerten sich an ihm fest, sie lag an seiner Brust, und stöhnend kam es von ihren Lippen: »Du, warum warten, nimm mich gleich – du – nimm mich!«

In dem Manne aber regte sich nichts von Leidenschaft und Lust, nur Ekel stieg in ihm auf, seine Hand, die auf ihrer nackten Brust gelegen, rückte aufwärts zum Halse, um den sich die Finger fest schlossen. Und er mußte sich gewaltsam zur Besinnung rufen, um die Finger nicht zusammenzukrampfen und den heißen, feuchten Hals nicht zu würgen. Aber er fand die Besinnung, machte sich langsam und zart los, sprach beschwichtigende Worte, küßte Dagmar auf die Haare und sagte mit so viel Zärtlichkeit, als er sich abringen konnte: »Nicht doch, Dagmar, laß uns nichts tun, was uns morgen reuen könnte, laß uns nichts von der großen Stunde vorwegnehmen, die uns für immer vereinigen soll!«

Und Dagmar hörte nicht den falschen Ton, ihr Stolz fühlte sich unter dieser Zurückweisung nicht verletzt, der Intellekt schwieg, wo nur die Sinne sprachen.

X. Kapitel

Als Kolo mit Löwenwald auf der offenen Terrasse eines Cafés saß, entwickelte er, mehr zu sich als zu dem Freunde sprechend, Ideen seltsamer Art. Er sagte:

»Ich glaube, daß, abgesehen von erotisch ganz indifferenten Menschen, in jedem Manne und jeder Frau die zwei konträrsten Empfindungen, Masochismus oder Sadismus, der Wunsch, sich unterzuordnen und besessen zu werden, oder das Verlangen, zu besitzen und zu gebieten, wenigstens rudimentär entwickelt sind. Das Glück eines Zusammenlebens hängt vielleicht mehr, als wir wissen, davon ab, ob man sich in dieser Beziehung ergänzt. Bindet sich der Mann mit der sadistischen Andeutung an eine Frau mit masochistischer Note, so hat das Zusammenleben die wichtigste Voraussetzung zum Beglücken und Beglücktwerden. Wehe aber, wenn zum Beispiel der Mann, der die Frau beherrschen will, auf ein Weib stößt, das nicht Eigentum des Mannes werden, sondern ihn als Eigentum betrachten will – wehe dann! Das muß zu furchtbaren Konflikten, wenn nicht gar zum Morde führen!«

Löwenwald blickte dem Freunde verwundert in die Augen und meinte dann bedächtig:

»Da du als Bräutigam, der in einer Woche Ehemann sein wird, so reflektierst, so kann ich wohl annehmen, daß du in der guten Lage bist, nicht dein Spiegelbild, sondern deine Ergänzung gefunden zu haben. Also hoffe ich, die behagliche Rolle des Hausfreundes bei glücklichen Eheleuten spielen zu können.«

Isbaregg empfand wie von weit her die Bedenken, die in diesen Worten lagen, und strich sich nervös durch die dichten Haare. Er war mit seinen Gedanken bei dem von ihm ausgesprochenen Worte »Mord« hängengeblieben und brütete, an diesem Worte kauend, vor sich hin.

Mitternacht war längst vorüber, als Kolo, voll von unruhigen, schweren, verdrossenen Gedanken, nach dem Haupttelegrafenamt ging, um dort einen Schritt zu tun, der die Zukunft entscheiden sollte. Er schrieb eine Depesche nieder, in der er den Generaldirektor der kanadischen Gesellschaft in Toronto, bei der er bis zum Kriegsausbruch erster Ingenieur gewesen war, frug, ob er, falls er sofort hinüberfahren würde, wieder seine Stellung bekommen könnte. Er gab die Depesche mit bezahlter Rückantwort auf und ging dann nach Hause, um den Rest der Nacht ruhelos im Zimmer auf und ab zu schreiten. Am nächsten Tag verließ er seine Wohnung nicht, entschuldigte bei Dagmar sein Fernbleiben durch dringende Erledigungen und wartete, welchen Weg ihm das Schicksal weisen würde. Spätabends kam die Antwort auf seine Depesche. Sie lautete kurz und bündig:

»Wir haben für Leute, die den Hunnen geholfen haben, Engländer und Kanadier zu ermorden, keine Verwendung!«

Kolo atmete tief auf, zerriß die Depesche in Fetzen, und ein kalter, harter Glanz trat in seine Augen.

Am nächsten Tag sprach er mit seiner Braut zum erstenmal über geschäftliche Dinge. Bisher war eine Geldfrage nie erörtert worden, er wußte ja, daß Dagmar über enorme Mittel verfügte, und sie zweifelte gar nicht daran, daß Isbaregg begütert sei. Tatsächlich war er gerade seit seiner Verlobung als durchaus reicher Mann aufgetreten, da ihm von allen Seiten Kredit angetragen worden war. An seinem Verlobungstage, also damals, als er den Rest seines Geldes beim Derby verloren hatte, war er fast bettelarm gewesen, aber es hatte nur einer leisen Andeutung dem Baron Kutschera gegenüber bedurft, um ihm ein offenes Konto bei einer kleinen Winkelbank zu eröffnen. Und so war er denn in der Lage gewesen, Dagmar einen Ring mit einem Diamanten von erlesener

Schönheit zu schenken, wie ihn kostbarer auch ein Millionär nicht hätte beschaffen können.

Kolo unterbrach die zärtlichen Liebkosungen, die Dagmar ihm freigebig spendete, und sagte, indem er selbst so viel Zärtlichkeit als er aufbringen konnte, in die Stimme legte:

»Kind, laß uns jetzt einmal vernünftig sein und über unsere zukünftigen Beziehungen in materieller Hinsicht sprechen.«

Und trotz Dagmars Widerspruch, die immer wieder erklärte, daß alles, was sie besaß, auch ihm gehöre, entwickelte er schließlich doch seine prinzipiellen Anschauungen:

»Du bist wahrscheinlich im Vergleich zu mir enorm reich. Mit den Zinsen der paar Millionen, die ich habe, kann ich allein behaglich und angenehm leben, aber absolut nicht den ungeheuren Bedarf deiner luxuriösen Umgebung bestreiten. Ich bin nicht zu albern und banal, dir zuzumuten, dich von nun an nach meiner Decke zu strecken, sondern finde es ganz natürlich und selbstverständlich, wenn wir unser gemeinsames Leben nach deinen großen Mitteln einrichten. Aber andererseits wäre es mir sehr peinlich, wenn du den Haushalt bestreiten, die Dienerschaft entlohnen würdest und ich mich bei jeder außergewöhnlichen Ausgabe an dich wenden müßte. Ich mache dir nun folgenden Vorschlag: Wir schließen ordnungsgemäß einen Vertrag, der mich berechtigt, während des Bestandes unserer Ehe und bis zu deinem Widerruf zwar nicht über dein Vermögen, wohl aber über dessen Zinsen zu verfügen. In dem Augenblick, wo du beabsichtigst, die Ehe nicht fortzusetzen, respektive zu lösen, erlischt dieser Vertrag, und du bist dann wieder uneingeschränkte Herrin über deine Einkünfte. Das gilt sowohl für den Fall, daß ich an der Lösung der Ehe schuldtragend wäre oder du oder wir beide in gleichem Maße. Bist du damit einverstanden?«

Und das sonst so kritische, von quälendem Mißtrauen und

zersetzender Beobachtung erfüllte junge Weib schmiegte sich zärtlich an den Geliebten und erwiderte:

»Mit allem bin ich einverstanden, was du willst, und wenn du verlangen würdest, daß ich mich zerfleischen lasse, damit du mein Blut trinken kannst, so würde ich es auch tun!«

Kolo, der jeden Überschwang haßte und vollends den erotischen Überschwang einer Frau, die ihn nicht mitreißen konnte, biß sich auf die Lippen:

»Also gut, wir wollen das durch Ludwig Löwenwald in gesetzliche Form bringen lassen. Bei dieser Gelegenheit fällt mir aber noch etwas ein: Wenn ich plötzlich sterben sollte, so würdest du nur einen kleinen Pflichtteil meines Vermögens erben, die Hauptsache fiele an ganz entfernte, mir höchst gleichgültige Verwandte, die ich seit Jahren nicht gesehen habe. Ich will also durch Löwenwald auch meinen Willen dahin aufsetzen lassen, daß du im Falle meines Ablebens meine Alleinerbin bist. Späterhin, wenn wir ein Kind haben sollten, kann das ja noch immer abgeändert werden.«

Dagmar lachte sinnlich und erregt auf:

»Oh, Kolo, wie gerne will ich ein Kind von dir haben! Und das mit dem Testament ist ja Unsinn, aber mach das, wie es dir recht ist. Nur, daß ich genau in derselben Lage bin wie du! Brrr, mir graut bei dem Gedanken, daß die Tante Rasumoffsky und andere Tanten und Onkel in Kopenhagen mich beerben könnten! Nein, die Freude will ich ihnen nicht bereiten! Wir setzen uns also gegenseitig als Erben ein, und wenn ich sterbe, so sollst du alles haben, das Haus hier und meinen Schmuck, mein Vermögen und sogar die Güter in Dänemark!«

Kolo atmete tief auf! Das war also so verlaufen, wie er es gewünscht und gedacht hatte! Eine starre, krampfartige Spannung, die ihn in der letzten Zeit beherrscht und gelähmt hatte, wich von ihm und machte einer weichen, wirklich zärtlichen Stimmung Platz. Dagmar war überselig und kostete diese Zärtlichkeit mit allen Sinnen und Nerven aus, ohne zu fühlen, daß es nicht die Zärtlichkeit des begehrenden Mannes, sondern eher die des älteren Bruders der hilflosen, kranken Schwester gegenüber war.

XI. Kapitel

Isbaregg riß die Fensterflügel auf und ließ die milde Aprilsonne hereinfluten. Er nahm einen Feldstecher und blickte auf das Menschen-, Wagen- und Pferdegewimmel unter sich. Ganz famos hatte er doch dieses Absteigequartier gewählt. Kurz nach der Hochzeit war er auf die Suche gegangen, um ein stilles, sicheres Versteck zu finden, in das er vor dieser Ehe flüchten und sein eigenes Leben führen könnte. Es galt vorsichtig zu sein, denn Dagmar war von brennender Eifersucht erfüllt, und besonders seitdem ihre dänische Jugendfreundin bei ihr war, fühlte er sich von vier Augen beobachtet und war nicht sicher, ob man ihm nicht nachschleichen und nachspüren würde. Die üblichen Absteigequartiere in stillen Vorstadtstraßen kamen nicht in Betracht, es mußte eine Gegend sein, in der gesehen zu werden nicht auffallen konnte, ein Haus, das zu betreten nicht verdächtig war. Tagelang annoncierte Kolo, beantwortete Inserate, suchte Straße auf und Straße ab, ohne Passendes finden zu können. Bis ihm der Zufall in wunderbarer Weise günstig war. Als er eines Nachmittags seinen Freund, den Rechtsanwalt Löwenwald, aus dessen in der Operngasse gelegener Wohnung und Kanzlei abholte, hing am Haustor ein Zettel mit den Worten: Atelier zu vermieten. Und richtig, hoch oben, über dem fünften

Stockwerk, hatte sich ein fotografisches Atelier befunden, das zugrunde gegangen war. An einen mit Glasdach gedeckten großen Raum schlossen sich zwei Zimmer und ein Vorraum, nach allen Richtungen hatte man freie Aussicht, kein Gegenüber, keine Nachbarschaft. Kolo mietete sofort, ließ die Räume geschmackvoll und üppig möblieren, kaufte Teppiche für alle Winkel und Ecken, gute Bilder, und richtete sich behaglich ein. Nun hatte er, was er wollte. Das Haus lag an der Ecke der Operngasse und Ringstraße, also im Herzen der Stadt, und selbst wenn ihn Dagmar aus und ein gehen gesehen hätte, so würde sie sich nicht gewundert haben, weil eben Löwenwald in diesem Hause wohnte. Und außerdem hatte es zwei Eingänge, von der Elisabethstraße und vom Ring aus, so daß man leicht spurlos verschwinden konnte.

Allerdings, Ludwig Löwenwald mußte ins Vertrauen gezogen werden, schon deshalb, weil Kolo das Atelier nicht unter dem eigenen Namen mieten konnte. Löwenwald pfiff leise vor sich hin und machte ein bekümmertes Gesicht.

»Du weißt, daß ich kein Moralfatzke bin, und wenn ein Ehemann Seitensprünge macht, so ist das eine Angelegenheit, die nur ihn angeht. Aber sei vorsichtig, Kolo! Du weißt selbst, wie eifersüchtig Dagmar ist und wie empfindsam und mißtrauisch. Wenn sie dich auf einer Untreue, noch dazu auf einer methodisch durchgeführten, ertappen würde, so wäre das ein Schlag für sie, den sie kaum überwinden könnte. Wenn mich jemand um etwas bittet, so kann ich nicht nein sagen, aber wirklich gerne gebe ich dir nicht meinen Namen für das Mieten des Ateliers!«

Schließlich tat er es aber doch, und so ging alles glatt und gut. Kolo starrte noch immer durch das Glas auf die Straße hinunter.

Da fuhr eben vom Ring her kommend sein mächtiger, blauer Fiatwagen und bog nach der Kärntnerstraße ein. Unwillkürlich zuckte Kolo zurück. Aber Unsinn! Niemand konnte ihn da oben erblicken. Richtig, im offenen Auto saß Dagmar im Zobelpelz – sie fror ja immer, womöglich auch, wenn andere Leute schwitzten – und neben ihr ihre Freundin Helga Esbersen. Kolo fröstelte es jetzt selbst, er schloß die Fenster und ging in dem molligen, mit sinnlicher Behaglichkeit eingerichteten Zimmer auf und ab. Verflucht! Er hatte Dagmar halb und halb zugesagt, ins Hotel Astoria zum Tee zu kommen, und nun saß sie dort mit dieser Helga, die sie durch kleine, ironische Bemerkungen aufstacheln würde! Er kam natürlich nicht, und abends würde Dagmar ihn mit Vorwürfen überhäufen, vielleicht sogar ihre widerwärtigen Weinkrämpfe bekommen, und er müßte sie schließlich durch Zärtlichkeiten beruhigen, während Helga ihr eigenes Lächeln auf den vollen Lippen haben und ihn aus den großen, fast tiefblauen Augen so merkwürdig ironisch ansehen würde.

Isbaregg schüttelte sich. Puh, wie ekelhaft war das alles! Er hatte sich das Leben doch anders, ganz anders vorgestellt! Was bedeutete es ihm heute, daß Dagmar eine der reichsten Frauen des Landes war, was nützten ihm die Schlösser in Dänemark und Tirol, die vier Kraftwagen, die Pferde im Stall, die vielen Diener, die kostbaren Gemälde? Er war dabei unfreier als je zuvor in seinem Leben, versklavt und in Fesseln! Und die Unfreiheit, die Fesseln, die Abhängigkeit, die Eifersucht Dagmars, dieses Rechtfertigung-über-jede-Stunde-geben-Müssen – das alles hätte sich ertragen lassen, wenn nicht die Nächte, die furchtbaren Nächte gewesen wären!

Kolo blieb vor einem großen Spiegel stehen und sah sich forschend an. Wie nervös und bleich er aussah! Die zwei tiefen Falten, die von der Nase zu den Mundwinkeln gingen! Das waren die Nächte, die Nächte, erfüllt mit grauenhaftem Komödienspiel! Siedend heiß stieg es in ihm auf. Oh, wenn er dieses Weib, das sich in hysterischer Liebesraserei ihm an den Hals warf, hätte erwürgen können, wenn es immer wieder girrend fragte: »Liebst du mich noch?« oder aber schluchzend und anklagend schrie: »Du liebst mich nicht mehr!«

Kolo ballte die Fäuste, und die Adern traten ihm auf der Stirne hervor. Dagmar hatte ihn einfach gekauft, wie man einen teueren Hund, ein gutes Pferd kauft! Nur daß der Hund beißen und das Pferd ausschlagen kann. Er durfte nicht aufmucken, nein, er mußte die Komödie des zwar nicht überaus feurigen, aber doch sehr zärtlichen Ehemannes weiterspielen, bis zum Ende, ja, bis zu seinem oder ihrem Ende! Denn das wußte er ganz genau: Wenn er erst die Maske für eine Sekunde fallen ließ, dann würde alles aus sein, dann würde der ganze in ihm aufgespeicherte Haß und Ekel losbrechen, und er würde Dagmar Dinge in die Ohren brüllen, nach denen ein Zusammenleben auch nicht eine Minute lang möglich wäre.

Und nun noch diese Helga, die so ironisch lächeln konnte, aber so, daß nur er es bemerkte, die diskret verschwand, wenn er die Gegenwart einer dritten Person als Wohltat empfunden hätte, die ihm morgens, wenn er beim Frühstück verstört, gereizt, gallig erschien, mit ihren forschenden Augen in die Seele blickte! Diese Helga, die immer zu seiner Frau hielt, die er am liebsten zum Teufel gejagt oder aber – in seinen Armen erdrückt hätte!

Er raste weiter im Zimmer auf und ab. In diesem Moment sah er klar und deutlich, daß er die Dänin, die er haßte, leidenschaftlich begehrte, daß seine aufgepeitschten, wunden Sinne nach ihr schrien und er sie so oder so erringen mußte, durch Güte oder durch brutale Gewalt!

Helga Esbersen war eine Jugendfreundin Dagmars noch aus der gemeinsam in der Schweiz verbrachten Pensionatszeit her. Späterhin war das junge Mädchen, das aus vornehmer, aber armer dänischer Familie stammte und verwaist war, mit einer alten Tante auf Reisen gegangen, und Dagmar hörte wenig von ihr, las nur in angesehenen Zeitschriften geistvolle und ungewöhnlich tiefe, aber mit grausamer Schärfe geschriebene Artikel aus der Feder Helga Esbersens, die das Wahlrecht der Frau, ja deren Überlegenheit dem Manne gegenüber in leidenschaftlicher Weise verfocht. Im Spätherbst hatte nun die Freundin telegrafisch bei Dagmar angefragt, ob sie sie besuchen dürfe, und Dagmar war überglücklich gewesen. Seither lebte Helga bei ihnen und machte um so weniger Anstalten, abzureisen, als Dagmar immer wieder erklärte, sie unter keiner Bedingung fortzulassen.

Kolo hatte von Anfang an das Empfinden gehabt, daß Helga Esbersen ihn und sein Verhältnis zu Dagmar sofort durchschaut habe, obwohl er seine bittere Rolle so gut spielte, wie kaum ein zweiter Mann es hätte können. Dagmar selbst kam nur ganz langsam, schrittweise, zur Überzeugung, sich in ihrem Gatten getäuscht zu haben, noch nahm sie seine Liebkosungen als echt entgegen, wenn auch schon die Qual des Zweifels und Mißtrauens öfter und öfter einsetzte. Am dritten oder vierten Tag ihres Wiener Aufenthaltes hatte nach dem Souper Kolo am Klavier ein wenig phantasiert und Dagmar sich dann zärtlich über ihn gebeugt, worauf er sie auf seine Knie zog und küßte. Dagmar war dann aus dem Zimmer gegangen und er mit Helga allein geblieben. Sie sah aus der Zeitschrift, die sie in der Hand hielt, auf, warf einen flüchtigen Blick auf ihn und meinte dann scheinbar ganz gleichgültig:

»Hat es Sie nie zur Bühne gelockt? Sie haben doch sicher Talent!«

Das kam ganz harmlos heraus, und doch empfand Kolo den spöttischen Sinn dieser Bemerkung. Und von da an wußte er ganz genau, daß dieses Mädchen ihn erkannte, belauerte und innerlich verachtete, leise und vorsichtig seine Frau gegen ihn aufhetzte, kurzum, kampfbereit und willens war, sich eines Tages ihm in den Weg zu stellen.

Er lachte laut und grell auf. Jetzt, wo er sich klar war, daß er das scheinbar männerfeindliche und unberührte Weib begehrte, jetzt würde er wissen, wie mit ihr fertig zu werden war. Überhaupt – langsam wandelte sich seine Verdrossenheit in gute Laune, und als es an die Wohnungstüre klopfte, machte er heiter auf und trug die kleine blonde Puppe, die ihn besuchte, vom Vorzimmer aus lachend auf seinen starken, sehnigen Armen in das Schlafzimmer. Und Puzzi, der Tanzstar des Apollotheaters, konnte an diesem Abend in der Garderobe den neidischen Kolleginnen nicht genug von der Leidenschaftlichkeit und Noblesse ihres Kavaliers erzählen.

XII. Kapitel

Es begab sich, daß Isbaregg mit seiner Frau, begleitet von Helga Esbersen und dem Rechtsanwalt Löwenwald, mit dem Auto auf den Semmering fuhr. Dagmar hatte die Absicht, dort eine Villa zu kaufen, die es ihnen ermöglichen sollte, immer, wenn Wetter und Laune es zuließen, ein paar Tage unweit der Stadt in tausend Meter Höhe zu verbringen. Da der Ankauf der Villa möglichst sofort abgeschlossen werden sollte, war Löwenwald mitgefahren, um die notwendigen Formalitäten zu besorgen.

In knapp zwei Stunden war man oben gewesen, hatte die reizende, im Schweizer Forsthausstil gehaltene Villa, die in einem großen Garten, von der Landstraße aus unbemerkbar, dalag, eingehend besichtigt, war über den Kaufpreis einig geworden und saß nun auf der Terrasse des Hotel Panhans, auf die die Aprilsonne gar nicht vorfrühlingsgemäß, sondern schon recht sommerlich ihre reinen, durch keinen Kohlenstaub und Großstadtdunst behinderten Strahlen warf. Andere Bekannte aus Wien waren hinzugekommen, darunter ein Universitätsprofessor, der Nationalökonomie lehrte, ein ehemaliger General und eine Pianistin von Weltruf. Das Gespräch lenkte sich politischen Dingen zu, Dagmar drückte ihre Besorgnisse aus, daß die überall auf der ganzen Welt förmlich vulkanisch ausbrechenden Unruhen, Putsche und Riesenstreiks die soziale Entwicklung hemmen müßten und kein Ende der furchtbaren Unruhe erkennen ließen, von der ganz Europa und neuerdings auch Amerika geschüttelt wurde, und der Universitätsprofessor vertiefte sich in theoretische Erörterungen. Da ergriff Kolo, dessen Nerven angeregt und dessen Widerspruchsgeist durch die Bemerkungen seiner Frau gereizt worden war, das Wort und entwickelte seine Idee dahin, daß man jetzt eben überhaupt in keiner Zeit, sondern zwischen den Zeiten lebe und es ganz in Ordnung sei, wenn alle entfesselten Kräfte miteinander ringen, um sich und ihrer Kategorie den Platz an der Sonne zu erobern. »Es ist jetzt alles erlaubt«, meinte er, »was man früher Aberwitz genannt hätte, ist jetzt Experiment, und was ehedem als Verbrechen galt, ist berechtigte Notwehr des Individuums. Die Zeit des Faustrechtes hat wieder begonnen! Die stärkeren Fäuste und kräftigeren Muskeln werden siegen, das satte Ästhetentum der Arrivierten hat ausgespielt, alles ist in Bewegung geraten, und dumm der, der sich, während alles ringsumher kocht und brodelt, an altererbten Begriffen festklammert und nach ihnen leben will.«

»Wer früher mit zwanzig Spießgesellen auf Raub ausgegangen wäre, den hätte man einfach den Anführer einer Bande genannt, heute ist er einer, der Sozialpolitik auf eigene Faust treibt, und wenn er geschickt genug ist, kann er eine neue

Diktatur ausrufen und ein großer Mann werden. Nur jetzt nicht stehenbleiben und jammern! Was heulen unsere Zeitungen vor Entsetzen darüber, daß ein Gasarbeiter mehr Einkommen hat als ein Gymnasiallehrer! Ganz recht so, tausend Jahre war der Gymnasiallehrer der große Herr gegenüber dem Arbeiter, nun zeigt es sich, daß das gar nicht so sein muß, und die Gasarbeiter wollen sehen, wie das ist, wenn sie Volksküchen errichten, in denen die hungernden Kinder von Gelehrten schlecht gefüttert werden, wie es früher umgekehrt der Fall war. Wie gesagt, es gilt jetzt mitspielen, in Bewegung bleiben und der labilen Moral nicht ein stabiles Gewissen entgegensetzen.«

Die Pianistin wagte einen Einwand:

»Moral kann nicht labil sein, Moral ist das einzig Bestehende und Feste.«

Kolo lachte auf: »Jawohl, du sollst nicht töten, nicht wahr? Außer, wenn du dafür das Eiserne Kreuz bekommst und es dir der Herr Major befiehlt. Und liebe deinen Nächsten wie dich selbst, es sei denn, daß du ein Pole und er ein Ukrainer ist, du ein Engländer und er ein Deutscher! Unsittlichkeit ist abscheulich, aber es ist ehrenhaft, wenn ein junges Mädchen sich legitim an den Erstbesten verkuppeln läßt. Im Konkurrenzkampf einen Menschen langsam zur Verzweiflung und zum Selbstmord treiben beweist Tüchtigkeit und bürgerliche Tugend, während der, der ein unnützes Individuum, einen alten Geizhals umbringt, um selbst leben zu können, ein gemeiner Mörder ist!«

Isbaregg schwieg. Er sah plötzlich den alten Geiger im Bett vor sich und hatte das fatale Empfinden, daß alle am Tisch an diesen Geiger denken müßten.

Helga Esbersen sah ihn scharf an, musterte ihn interessiert und sagte:

»Was Sie da predigen, ist der absolute Anarchismus. Persönlicher Vorteil über den Vorteil der Gesamtheit, die Tyrannis des einzelnen Individuums, Gewalt vor Recht! Aber doch nur Theorie, lieber Freund! Oder könnten Sie einen Menschen umbringen, weil Sie sich für wertvoller als ihn halten und sein Tod Ihnen Vorteil bringen kann?«

Und Kolo sagte sich, daß das alles gleichgültig sei und es einmal heraus aus ihm müsse, und dann laut: »Jawohl, ganz kaltblütig sogar, vorausgesetzt, daß ich ein wirklich brennendes Interesse daran habe und es in Sicherheit geschehen kann!«

Dagmar lachte und rief: »Aber Kolo!« Doktor Löwenwald aber meinte in seiner ruhigen, schlichten Art:

»Glücklicherweise sind die Hemmungen bei den meisten Menschen so stark, daß sie ihn von allem zurückhalten, was eben als ungesetzlich und antisozial betrachtet wird. Aber im Prinzip hat Herr Isbaregg wohl recht. Jeder Mensch ist bereit, sich durch ein Verbrechen, oder was man so nennt, emporzubringen, wenn die Furcht nicht in ihm überwiegt.«

Helga Esbersen meinte trocken:

»Es ist wohl nicht gut, mit Ihnen Kirschen zu essen, Kolo Isbaregg!«

Die Gesellschaft löste sich auf, Frau Dagmar begab sich in ihr Appartement, um den gewohnten Nachmittagsschlaf nicht zu versäumen, Löwenwald nach dem Kaffeehaus, um dort den Kaufvertrag aufzusetzen, und Helga schlenderte langsam durch die Hotelhalle, um nach ihrem in einem anderen Trakt gelegenen Zimmer zu gelangen. Kolo neben ihr. Helga sagte plötzlich, als sie gerade in den Gang gekommen waren, in dem sich ihr Zimmer befand, leichthin:

»Der alte General, der mit uns am Tisch saß, sagte, daß er die Isbareggs sehr wohl kenne. Er pries Ihr Glück, eine so reiche Frau bekommen zu haben, um so mehr, als, wie er meinte, die Isbareggs seit jeher wegen ihrer Tapferkeit, aber auch wegen ihrer Armut bekannt waren. Stimmt das? Dagmar hat mir gesagt, daß Sie selbst sehr wohlhabend und gar nicht auf ihr Geld angewiesen seien.«

Kolo fühlte, wie er die ruhige Besinnung verlor.

»Aha, Sie haben ihr wahrscheinlich klarzumachen versucht, daß ich sie nur wegen ihres Reichtums geheiratet habe! Überhaupt, sagen Sie es doch offen heraus: Sie sind meine Feindin und möchten mich, wenn es in Ihrer Macht läge, gerne vernichten!«

Helga sah ihn ganz und groß an:

»Feindin? Hm, ich weiß es nicht recht! Ich schätze vieles an Ihnen sehr, Isbaregg, ich bewundere Ihren Geist, Ihr Temperament, ja sogar Ihre männliche Schönheit, aber ich mißtraue Ihnen auch! Ich glaube, daß Sie ein anderer sind, als Sie scheinen mögen, und vor allem glaube ich, daß Sie die arme Dagmar nicht lieben, nein, ich glaube sogar, daß Sie sie hassen! An Stelle Dagmars würde ich Sie fürchten, Kolo Isbaregg! Übrigens – sind nicht auch Sie mein Feind? Möchten Sie nicht wer weiß was tun, um mich aus Ihrer und Dagmars Nähe loszuwerden?«

Sie waren an Helgas Zimmer gekommen, und das Mädchen hatte die letzten Worte zwischen Tür und Angel gesprochen. Und wie sie da stand, leuchteten ihre bronzebraunen Haare in der Sonne, und das ovale Gesicht war ein wenig bleich, und die blauen Augen nicht so kühl musternd wie sonst. Ihre mittelgroße, weiche, eher üppige als schlanke Gestalt aber war so dicht neben ihm, daß er ihre vollen, festen Brüste spürte. Und ehe er selbst begriff, was er tat, ehe sie zur Besinnung gekommen, hatte er sie in das Zimmer hineingedrängt, die Türe hinter sich geschlossen und preßte nun ihren Leib an sich, verschloß ihren vollen üppigen Mund mit seinen Lippen, raubte ihr jede Bewegungsfreiheit, erstickte sie fast mit wilden, verzehrenden Küssen und stammelte dabei:

»Ich hasse dich nicht, Helga, sondern ich liebe dich zum Rasendwerden, du Teufel von einem Weibe, du!«

Helga hatte sich zuerst gewehrt, ihre Fingernägel in seinen rechten Arm, der sie umschlungen hielt, gepreßt, mit den Füßen und Knien nach ihm gestoßen. Bis plötzlich dieser Widerstand aufhörte, ihr halbgeöffneter Mund an dem seinen willig blieb und sie schweratmend sich in seinen Arm zurücklehnte, auch als er die Umklammerung gelockert hatte. Und sie sah ihn nur mit wirren, betäubten Augen an, als er ihr die Kleider vom Leibe riß und mit einem dumpfen tierischen Aufschrei sie dann auf das Bett warf.

Geistesabwesend, schneeweiß im Gesicht, mit tief herabfallenden Mundwinkeln richtete sich Helga im Bett auf, strich sich die wirren Haare aus der Stirne und zog sich schweigend an. Keine Träne, kein Wort des Vorwurfes, der Verlegenheit. Nur als Kolo sich mit gütigem Lächeln ihr zärtlich nahen wollte, zischte sie ihn an wie eine Schlange und warf ihm einen so haßerfüllten Blick zu, daß er verlegen zurückwich und sich zum Gehen anschickte. Und als er bei der Türe nochmals den Versuch machte, wenigstens ein Abschiedswort zu bekommen, da sprach sie nichts, sondern sah ihn nur groß an, um dann, als er draußen war, schluchzend zusammenzubrechen.

Und es geschah das Sonderbare und Groteske, daß Helga und Kolo von nun an stumm und schweigend, kaum so viele Worte wechselnd, als notwendig war, um nicht aufzufallen, aneinander vorübergingen; sie nachts aber immer wieder die Beute seiner brutalen Begierde, immer wieder in seinen Armen machtlos und willfährig wurde, um ihm, wenn sich der Krampf gelöst hatte, ihre Wut und Verachtung, ihren Haß und Groll entgegenzuschleudern. Bis sie eines Tages unter nichtigem Vorwand, als Kolo nicht zu Hause war, ihren Koffer packte und sehr zum Schmerze der Frau Dagmar, die die Freundin nicht entbehren wollte, Wien verließ, um nach

München zu reisen.

In der kommenden Nacht aber konnte sich Kolo, als Dagmar ihn zärtlich an sich locken wollte, nicht mehr beherrschen, er sprach so harte und schneidende Worte, daß es ihr von ihren Augen wie Schuppen fiel und sie einen Moment hatte, wo sie es empfand, daß Kolo sie nicht mehr liebte oder vielleicht sogar nie geliebt hatte.

Von da an wurde das Leben im Hause Isbaregg zur Hölle für beide, auf furchtbare Szenen folgten Versöhnungen, von ihrer Seite wohlgemeint, von seiner gegaukelt und gezwungen, und er sagte sich, daß er ein Ende machen müsse.

XIII. Kapitel

Tagelang hatte Isbaregg mit sich zu kämpfen und zu ringen, bevor der Entschluß, sich durch eine Tat zu befreien, eiserner Wille geworden war. Stundenlang ritt er in rasendem Galopp im Prater umher, machte einsame Spaziergänge, übersann alles, was geschehen war und nun geschehen sollte, arbeitete seinen Plan in den äußersten, weitreichendsten Einzelheiten aus, spaltete sich förmlich in zwei Geschöpfe, von denen eines sein Widersacher war, der ihm entgegentrat, an sein Gewissen appellierte und ihm die Gefahren vor Augen führte. Und als er endlich mit sich ganz im Reinen war und nichts mehr an seinem Entschluß rütteln und reißen konnte, da kam kühle Ruhe über ihn, seine arg mitgenommenen Nerven glätteten sich, und er wußte, daß er wieder Herr über sich war, der die Maske, die er in toller Leidenschaft von sich geworfen, wieder selbstsicher vor das Antlitz nehmen konnte.

Und es trat wieder Frieden im Hause Isbaregg ein. Kolo vermochte es aufs Neue, gegen Dagmar gütig und zärtlich zu sein, und sie kam ihm mit offenen Armen entgegen, gerne bereit, die bösen Anfälle der letzten Zeit als Nervenkrise zu betrachten. Wohl hatte sie ruhige, nüchterne Augenblicke, in denen sie zu fühlen glaubte, daß der Mann an ihrer Seite nicht ihr gehörte, nie ihr gehört hatte, wohl überschlich sie immer wieder die dumpfe Ahnung, daß Kolo, wenn er plötzlich den Arm um sie schlang, sich vorher einen Ruck hatte geben müssen und diese Umarmung eine vorbedachte, überlegte Handlung, nicht die Aufwallung zärtlichen Empfindens war. Aber wenn sie dann an seiner Brust lag, da vergaß sie die Umwelt, und alle Überlegung schwand, und sie wollte und konnte nicht denken und sagte sich mit verbissener Beharrlichkeit: »Ich bin sehr glücklich, die glücklichste Frau bin ich, denn dieser Mann, der schöner und wertvoller als andere Männer ist, liebt mich!«

Den Hochsommer verbrachten die Isbareggs in ihrem alten, restaurierten Schloß in Tirol bei Igls, und es ging dort recht lebhaft und lustig zu, weil Dagmar eine Anzahl von Wiener und dänischen Verwandten als Gäste bei sich sah, während Kolo ehemalige Kriegskameraden und Löwenwald eingeladen hatte. Dagmar hatte auch Helga zu sich gebeten, erhielt aber eine Absage. Helga hielt sich noch immer in München auf und schrieb, daß sie dort in stiller Einsamkeit bleiben wolle, um ein größeres Werk zu vollenden. Der Schluß des Briefes war so eigentümlich, daß Dagmar ihn nicht recht verstand. »Sei klug, Dagmar«, hieß es, »gib Dich nicht ganz weg, behalte Deinen Verstand wenigstens für Dich und mindestens einen kleinen Teil der objektiven Überlegung, die Dich so oft gequält hat.« Einen Gruß an Kolo enthielt dieser Brief nicht, und Dagmar, die dies ihrem Gatten mitteilte, meinte nachdenklich: »Eigentlich kein Wunder, denn ihr hattet ja niemals sonderliche Sympathien füreinander, und Helga ist zu ehrlich, um zu heucheln.«

Einen Moment lang stieg in Kolo die Sehnsucht nach Helga wild und gierig auf, aber er kämpfte das Geflihl nieder, denn er wußte, daß in ihm jetzt kein Raum für anderes sein durfte als für das eine!

Es wurde viel gejagt, aber Kolo veranstaltete die Jagden mehr zur Unterhaltung seiner Gäste als aus eigenem Interesse. Seine Empfindungen sprachen gegen das Zusammenschießen der Rehe und Hirsche zum Zeitvertreib, und oft genug schoß er absichtlich fehl, um einem äsenden Rotwild die Daseinsfreude noch zu erhalten. Nur Löwenwald gegenüber äußerte er sich einmal darüber:

»Ein Reh ist ein schönes edles Tier, eine Freude für mich und für den Menschen, der es sieht, und ich betrachte mich jedesmal, wenn ich einen Bock zur Strecke gebracht habe, als feigen, erbärmlichen Mörder. Einen widerwärtigen Menschen töten, der sich mir in den Weg stellt – das ja, ohne mit der Wimper zu zucken! Das ist mein Recht, wie alles Menschenrecht ist, was zur Erhaltung der eigenen Persönlichkeit und Art beiträgt. Soll der Jäger, der Wilderer, der davon lebt, Tiere umbringen, denn das ist sein Recht, aber mir geht es gegen das Gefühl!«

Löwenwald lachte auf: »Also, wenn du einmal einen Mord begehen solltest, so werde ich dich verteidigen und – wer weiß – mit der Reminiszenz an diese deine Aussprüche auf die Geschworenen Eindruck machen.«

Kolo wurde nachdenklich und zerstreut.

XIV. Kapitel

Ende August zogen die Isbareggs in ihre neue Villa auf dem Semmering, und da begann Dagmars Leiden, das in nächtlichem Aufschrecken und Schlaflosigkeit bestand. Die zwei Schlafzimmer des Ehepaares lagen nebeneinander, nur durch eine Portière getrennt. Eines Nachts hatte Dagmar das Gefühl, als würde sie von einer Hand in die Höhe gezogen werden, und als sie mit einem leisen Schrei vollends erwachte, eilte Kolo herein und beugte sich über sie.

»Kind, was hast du mich erschreckt«, sagte er zärtlich, »du hast im Schlaf gellend geschrien und dann lange gestöhnt.« Und er glitt zu ihr unter die Decke, streichelte sie sanft und blieb bei ihr, bis sie wieder eingeschlafen war.

Solche Vorfälle wiederholten sich nun allnächtlich. Immer wieder mußte Dagmar aus dem Schlaf gerüttelt werden, weil sie geschrien oder geächzt und gestöhnt hatte, oft mehrmals in der Nacht, bis sie abends vor dem Einschlafen schon genau wußte, daß sie von Kolo geweckt werden würde, und sich daran gewöhnte, darauf zu warten, und ihr Schlaf immer unruhiger und leiser wurde.

Ihr Mann betrachtete sie dann morgens prüfend, besorgt, schüttelte den Kopf und erklärte, daß sie schlecht aussehe, und sprach davon, einen Arzt zu Rate zu ziehen. Dagmar lachte glücklich auf und schlang den Arm um seinen Hals.

»Ach du, das ist ja so schön, von dir geweckt zu werden! Ich freue mich abends schon darauf und bin glücklich darüber!«

Aber diese seltsamen Anfälle schienen sich unheimlich zu mehren, denn Kolo mußte sie nun schon drei-, viermal und öfters in der Nacht wecken und beruhigen, und Dagmar fühlte wirklich, wie ihre Nerven darunter litten. Aber auch er war leidtragend dabei, da ja auch sein Schlaf gestört war, und als er Dagmars Aufforderung, in einem ferneren Zimmer zu schlafen und die Zofe bei ihr zu lassen, energisch zurückwies, stimmte sie endlich zu: »Gut, ich werde in Wien den Doktor Hayek konsultieren.«

Im Oktober wurde es auf dem Semmering unwirsch, trüb, kühl, die Nebelschwaden wollten von den Bergeskuppen nicht weichen, und man übersiedelte nach Wien. Und da sich nach eintägiger Pause wieder der unruhige Schlaf einstellte, so wurde der Arzt gerufen, der sich von Isbaregg alles genau erklären ließ, Frau Dagmar abklopfte, befühlte, betrachtete und die Anregung Kolos, es mit kleinen Morphiumdosen zu versuchen, gerne aufgriff. Frau Dagmar nahm also Morphiumtropfen, und sie taten ihr gut, denn sie schlief nun die Nächte ungestört durch. Nur wenn sie aufhörte, die Tropfen zu nehmen, mußte sie Kolo wieder wecken.

Kolo begann sich um diese Zeit sehr mit graphologischen Studien zu beschäftigen, er kaufte allerlei Werke über die Kunst, aus der Handschrift den Charakter des Menschen zu deuten, und schien es auch zu einer gewissen Fertigkeit darin zu bringen; wenigstens erzählte er Dagmar oft, daß er diesen oder jenen Bekannten im Club durch sein treffsicheres Urteil überrascht habe. Als Dagmar ihn bat, seine Kunst doch an ihr zu erproben, da meinte er bedächtig:

»Bei Frauen ist das nicht so einfach wie bei Männern. Bei einem Mann genügt die gewöhnliche Handschrift, bei einer Frau muß es etwas sein, was sie in gewisser Gemütsbewegung niederschreibt. Und zwar geht man am sichersten, wenn man die Schrift aus zwei ganz konträren Erregungszuständen vor sich hat. Also bitte, versetze dich einmal in die Lage, ich wäre verreist gewesen, viele Wochen lang, und würde dir nun mitteilen, daß ich in wenigen Tagen wieder bei dir sein werde. Lebe dich ganz in diese Vorstellung hinein und schreibe nun folgendes: ›Geliebter, wie freue ich mich auf unser Wiedersehen, ich kann die Stunde kaum erwarten, da ich Dich wiederhaben werde.‹«

Dagmar tat dies und schrieb lachend die Worte nieder.

»Und nun versetze dich in eine recht traurige Situation. Stelle dir vor, du wärest meiner überdrüssig und gerade im Begriff, heimlich wegzureisen, mit der Absicht, nie wiederzukommen. Vertiefe dich in diesen Gedanken und schreibe:

›Geliebter, sei mir nicht böse, wenn ich Dich für immer verlasse! Es muß so sein, eine tiefinnere Müdigkeit zwingt mich zu diesem Schritt. Lebe wohl und vergiß meiner nicht ganz. Deine bis in den Tod Dich liebende Dagmar!‹«

Dagmar hatte geschrieben, und ein leiser Schauer überlief sie, als sie den Briefbogen ihrem Gatten reichte. Er verglich die beiden Briefbogen, die er nun in der Hand hielt, prüfte und gab dann eine Erklärung, die viel Schmeichelhaftes besagte. Intelligenz und zielbewußte Charakterfestigkeit, Herzensgüte, die sich gerne verbirgt, Empfindlichkeit, Sinnlichkeit und überstarkes Taktgefühl las er aus ihrer Schrift heraus.

Dann küßte er seine Frau auf die Stirne, wobei er die Bogen in die Tasche schob, und war von bestrickender Liebenswürdigkeit.

Als er aber in seinem Bibliothekszimmer allein war, atmete er tief und schwer, und es zuckte um seinen Mund, während er den einen Briefbogen, den mit den heiteren Worten, im Kamin verbrannte und den anderen im Schreibtisch verschloß.

XV. Kapitel

Es war Ende November, als das Ehepaar nach einer »Parsifal«-Vorstellung spätnachts nach Hause kam und noch sein Abendessen einnahm.

Kolo hatte einen schweren, alten Bordeaux heraufbringen lassen, den er besonders liebte. Als sich Dagmar durch die Zofe schon zur Nacht hatte umkleiden lassen, besuchte er sie noch in ihrem Schlafzimmer, das neben dem seinen, durch einen Ankleideraum getrennt, lag, brachte ihr ein Glas Wein und riet ihr, die Tropfen mit dem schweren Wein zu nehmen, worauf sie sicher gut schlafen würde. Dagmar, die schon auf dem Bett saß, schmiegte sich an ihn und flüsterte:

»Willst du nicht noch bei mir bleiben?«

Kolo machte eine abwehrende Gebärde, und ein harter Zug, den sie kannte und fürchtete, trat auf sein Gesicht, so daß Dagmar mit verschleierter Stimme und tränenfeuchten Augen sagte: »Nein, geh nur, ich bin ohnedies recht müde.«

Er ging dann zum Apothekerschränkchen, das an der Wand hing, und mischte die Tropfen in den Wein, ohne daß Dagmar merken konnte, daß es nicht die verschriebenen fünf Tropfen, sondern deren eine ganze Anzahl waren, die er in das Glas fallen ließ. Ohne mit der Hand zu zittern, reichte er ihr den Trunk, den sie gehorsam auf einen Zug hinunterschlürfte. Dagmar schüttelte sich: »Wie bitter das im Wein schmeckt!«

Aber das Gefühl dieses bitteren Trankes schwand rasch, denn Kolo beugte sich liebevoll zu ihr hinab, küßte sie viel inniger, als er es seit langem getan, und blieb, auf dem Rande des Bettes sitzend, noch bei ihr, bis eine grenzenlose Müdigkeit über sie kam und ihr die Augen schloß.

In seinem Zimmer ging Kolo noch eine Stunde lang auf

dem weichen Teppich, der jedes Geräusch verschlang, auf und ab, nachdem er seinem Kammerdiener gesagt hatte, er brauche ihn nicht mehr. Leise betrat er das Schlafzimmer seiner Frau. Er horchte auf ihren tiefen, schweren, fast röchelnden Atem und legte den Bogen Briefpapier, den Dagmar der graphologischen Spielerei halber vor einigen Tagen ausgefüllt hatte, auf das Nachtkästchen, um dann selbst den Schlaf zu suchen, den er erst frühmorgens fand.

Zum Frühstück, das in einem Parterresaal eingenommen wurde, erschien Dagmar nicht, und auf eine Frage der Kammerzofe erklärte Kolo, seine Frau, die sich gestern sehr müde und nicht wohl gefühlt, habe nachdrücklich ersucht, nicht geweckt zu werden. Er verließ dann das Haus, schlenderte zu Fuß in die Innere Stadt, besuchte einen Buchhändler, um größere Einkäufe zu machen, ging in den Club, wo er die Zeitungen durchblätterte, und kam erst gegen zwei Uhr, zur Zeit, wo bei ihm gespeist zu werden pflegte, nach Hause. Er hörte sein Herz schlagen und seine Pulse klopfen, als er durch das Portal an der Portierloge vorbeischritt. Der Portier grüßte tief wie immer und hatte keine Mitteilung zu machen. Aufatmend ging er die teppichbelegte Treppe nach dem ersten Stockwerk hinauf, wo der Hausdiener wartete, um ihm Rock und Hut abzunehmen. Im Speisesaal war gedeckt, aber Dagmar nicht zu sehen. Kolo ließ die Zofe kommen und fragte nach dem Befinden der gnädigen Frau. Bestürzt und besorgt erklärte sie, daß die gnädige Frau noch immer schlafe. Das Schlafzimmer sei noch immer dunkel, und sie habe nicht gewagt, die Gnädige zu wecken.

»Klopfen Sie jetzt leise und vorsichtig an, und gehen Sie hinein, wenn die gnädige Frau nicht antwortet.«

Nach wenigen Minuten kam die Zofe totenblaß und aufgeregt zurück. »Gnädiger Herr, kommen Sie, bitte, ich glaube, der gnädigen Frau ist etwas geschehen.«

Kolo stürzte hinter ihr her in das Schlafzimmer, riß die Jalousien in die Höhe und beugte sich über Dagmar, die, wachsgelb im Gesicht, mit geschlossenen Augen dalag. Er rief sie an, ergriff ihre kalte Hand, schüttelte sie, versuchte den Oberleib zu heben, der schwer und starr wieder zurücksank und alarmierte nun die ganze Dienerschaft. Der Portier, das Stubenmädchen, der Koch – sie alle liefen um Ärzte, während die Zofe schluchzend nach einem bekannten Arzt, der in der Nähe wohnte, telefonierte. Isbaregg aber stand am Bett und rieb die Schläfen Dagmars mit kaltem Wasser.

Zwei Ärzte kamen nach wenigen Minuten, beide konstatierten nach kurzer Untersuchung, daß Frau Dagmar Isbaregg nicht mehr am Leben sei. Die Polizei wurde verständigt, eine Gerichtskommission kam, der Polizeiarzt bestätigte den Befund der Kollegen und konstatierte entschlossen: »Allem Anschein nach liegt eine Morphiumvergiftung vor!« Der Polizeibeamte hatte indessen den Briefbogen auf dem Nachtkästchen entdeckt, den er schweigend las, dem Gatten zum Lesen gab und dann in seiner Aktentasche mitnahm. Die Leichenöffnung bestätigte die Morphiumvergiftung, und daß ein Selbstmord vorlag, ging klar und unbestreitbar aus dem Abschiedsbrief der unglücklichen Frau hervor, dessen Authentizität durch andere Schriftstücke unschwer erwiesen wurde.

Als Löwenwald in dem Palais eintraf, fand er den Freund bleich, ersichtlich tief erschüttert, aber gefaßt vor, und der Rechtsanwalt, der Frau Dagmar sehr geschätzt und verehrt hatte, drückte dem Freunde in stummer Ergriffenheit die Hand. Er übernahm alles Formelle, und am nächsten Tag las man in allen Zeitungen die sensationelle Nachricht von dem plötzlichen Ableben der Frau Dagmar Isbaregg, geborene Baronesse Aarhuis, die versehentlich eine zu große Dosis Morphium vor dem Einschlafen genommen habe. Die Zeitungen erfuhren wohl, daß ein Selbstmord vorlag, hatten aber auf Betreiben Löwenwalds keine Notiz davon genommen.

Das Leichenbegängnis fand in aller Stille statt, nur Löwenwald und die nächsten Verwandten Dagmars nahmen außer Kolo daran teil. Als aber die Testamentseröffnung ergeben hatte, daß Isbaregg der absolute Alleinerbe war, bekam die arme Frau eine recht üble Nachrede von seiten der Rasumoffskys und der anderen Tanten, Basen und Vettern.

Kolo fuhr bald darauf nach Kopenhagen, um die Erbschaftsangelegenheiten dort in Ordnung zu bringen, die Millionen seiner Frau auf sein Konto übertragen zu lassen, die Gutsverwalter zu bestätigen und das feudale Schloß derer von Aarhuis zu übernehmen. Er blieb viele Wochen von Wien fern und hielt sich in Berlin, Hamburg und Frankfurt auf, bevor er zurückkehrte.

In München aber hatte Helga Esbersen mit fassungslosem Entsetzen die Nachricht vom Tode der Freundin vernommen. Wie ein verwundetes Tier hatte sie aufgeschrien und dann lange, lange mit weit aufgerissenen Augen vor sich hin gestarrt. Einmal machte sie Anstalten, nach Wien zu fahren, aber im letzten Moment befiel sie eine Apathie, die sie an der Reise verhinderte.

III. Teil

I. Kapitel

Sensationsvorstellung im Burgtheater. Die erste Schnitzler-Premiere seit Jahren, und ganz Wien war anwesend, um den Wiener Dichter stürmisch zu akklamieren und in den Zwischenpausen voneinander zu erfahren, ob das Drama eigentlich gut sei oder nicht. Der zweite Akt hatte starke Wirkung gehabt, und das Publikum strömte angeregt durch die Foyers und debattierte über das Stück und die stürmische Baisse, die auf der Börse eingetreten war.

Jeremias Finkelstein, der in ganz Wien bekannte Reporter der »Wiener Morgenpost«, hatte aber Wichtigeres zu tun, als aufgeregt zu sein, ihm galt es, eine möglichst lückenlose Liste der Anwesenden herzustellen und dabei Gnade und Ungnade – je nachdem – subjektiv zu verteilen. Der Unterstaatssekretär Pichler zum Beispiel, der sich neulich nicht von ihm hatte interviewen lassen, kam justament nicht in die Präsenzliste, trotzdem er jetzt schon auf zehn Schritte Entfernung devot zuerst grüßte, während der Oberrechnungsrat, obwohl er der Niemand war, gnädig aufgenommen wurde. Schließlich ein sehr anständiger Mensch, der ihn nie um die zwanzig Kronen, die er sich einmal in der Eile von ihm ausgeborgt hatte, gemahnt hatte. Bei den Damen mußte man besonders gut aufpassen, wenn da auch die Toiletten kurz erwähnt werden sollten und es zu argen Konflikten führen konnte, wenn man das lila Gazekleid der Frau X. mit den Brüssler Spitzen der Frau Y. verwechselte.

Jeremias Finkelstein, der aber neuerdings, seitdem er getauft war, nur mehr James Finkelstein hieß, stieß nun mit einer dicken, tiefdekolletierten und ebenso stark geschminkten wie mit Juwelen behängten Dame in mittleren Jahren zusammen, die ihn cordial mit »Servus, James« begrüßte. Er versetzte dem Dekolleté einen freundschaftlichen Klaps, was die Besitzerin mit einem »Pfui James« quittierte, und hängte sich dann bei ihr ein. Finkelstein hatte die üppige Dame vor etwa einem halben Jahr auf einem Wohltätigkeitsfest kennen- und sozusagen liebengelernt, und seither wechselte er nicht nur mindestens einmal in der Woche das Hemd und zweimal den Kragen, sondern seine desolaten Geldverhältnisse hatten sich erheblich gebessert. Freigebig war ja nun die Erwählte seines Herzens nicht gerade, aber immerhin ließ sie sich von Zeit zu Zeit, lieber vor als nach stürmischen Umarmungen, anpumpen, wobei sie schelmisch zu singen pflegte: »Was tut man nicht alles aus Liebe«, was der Reporter regelmäßig, aber nur nach innen, in »Was tut man nicht alles, wenn man Geld braucht«, abzuwandeln pflegte.

Finkelstein blieb plötzlich stehen: »Weißt du, jetzt hätte ich beinahe vergessen, dich in die Präsenzliste aufzunehmen!« Und während sie bei der bloßen Vorstellung solcher Blamage aufkreischte, schrieb er in sein Notizbuch: »Frau Kommerzialratswitwe Selma Rosenzweig in einer köstlichen Toilette aus Petrol-Velour-Chiffon mit Goldperlen diskret bestickt.« Bewundernd blickte Frau Rosenzweig zu ihm hinauf! Wie er das nur so herausbrachte, so schön und geschmackvoll! Wirklich, er war ein Künstler, ihr James!

Ein schlanker, großer, auffallend aristokratisch und schön aussehender Herr ging im Gewühl vorbei; Finkelstein machte einen tiefen Bückling und wollte eben einen Namen in das Notizbuch kritzeln, als er einen heftigen Schmerz im Arm spürte. Frau Rosenzweig hatte ihn gezwickt, zwickte ihn sogar nochmals und schrie, daß sich die Leute umsahen: »James, wer war das, wer war das?«

»Nu«, sagte Finkelstein, der Exaltationen nicht liebte, erbost, »erstens schrei nicht so, und zweitens zwick mich nicht, daß ich blaue Flecken bekomme! Wer wird das schon gewesen sein, den kennt doch jeder! Das ist der Herr Koloman Isbaregg, dessen Frau vor ein paar Monaten Selbstmord begangen hat.« Notierend sprach er weiter: »Sehr pikant, daß er schon wieder ins Theater geht! No ja, warum soll er nicht? Schön war seine Frau nicht, und für jedes Haar, das ich auf dem Kopf habe, besitzt er jetzt eine Million! Kunststück, ins Theater zu gehen!«

Frau Rosenzweig, die sich unter der Schminke violettrot gefärbt hatte, unterbrach ihn: »Rede keinen Unsinn, James, sonst hast du es mit mir zu tun! Das ist nicht der Millionär Isbaregg, das ist ein ganz gewöhnlicher Gauner, ein Taschendieb, ein Strolch, ein –«

»Um Gottes willen, schweig! Wenn man dich hört! Ich sag dir, das ist der Herr Isbaregg, der frühere Hauptmann, der im Feld die unerhörtesten Sachen gemacht hat! Du wirst mir sagen!«

»James, wenn das wahr ist, dann, James, wenn du mit deinem Bericht fertig bist, so kommst du zu mir, hörst du! Unbedingt! Du bekommst ausgezeichnet zu essen: Schinken, Gansleber, Obst, Bäckerei. Und ich werde dir eine Geschichte erzählen, daß dir Hören und Sehen vergeht!«

James Finkelstein, dem bei dem Worte Gansleber das Wasser im Mund zusammengelaufen war, erklärte sich bereit. Das Glockenzeichen rief auf die Sitze, der dritte Akt ging bald vorbei, Finkelstein machte den Bericht mit fulminanten Wendungen fertig, und um elf Uhr erschien er bei Frau Rosenzweig auf dem Brahms-Platz.

Zwischen Schinken mit Ei und Gansleber mit Gurke erzählte sie, während ihr vom Mieder befreiter, von einem transparenten Schlafrock mäßig verhüllter Busen wie ein entfesseltes Meer wogte, dem kauenden und dabei aufhorchenden Reporter eine Geschichte:

»Vor nicht ganz drei Jahren war es, im Frühling. Ich kam

gerade vom Tommasoni auf dem Graben heraus, voll mit Paketen. Eines fiel mir aus der Hand, und ein Herr in Uniform hob es auf. Nun, ich sagte ihm kühl: ›Danke‹ und ging weiter. Der freche Mensch aber ging mir nach, stieg bei der Oper in dieselbe Elektrische und drängte sich ganz dicht an mich heran. Ich sag dir, er war mir gleich unheimlich, aber ich konnte mir nicht helfen.«

Finkelstein zog die Nase kraus und kniff ein Auge zu.

»James, du bekommst eine Ohrfeige! Ich sag dir, ich konnte mir nicht helfen! Immer hat er mich im Gedränge berührt und betastet, so daß ich schon grob werden wollte. Aber schließlich hab ich mir gedacht, der nimmt mir ja nichts weg, wenn er mich anrührt, und dann kann es doch auch nur ein Zufall sein, und du weißt, ich bin nicht so.«

»Stimmt«, sagte Finkelstein, während er das letzte Stück Gansleber in Begleitung einer halben Salzgurke in den Mund schob.

»Nun, bei der Paulanerkirche steig ich aus, er dicht hinter mir, und ich hab deutlich gefühlt, wie er sich bei meiner rechten Hand zu schaffen machte. Ein paar Schritte ist er mir dann noch nachgegangen; wie ich mich aber wieder umseh nach ihm, war er plötzlich verschwunden. Ich bin natürlich empört gewesen, weil das doch kein Benehmen ist, und sag noch der Anna, wie sie mir die Tür aufmacht, daß sie eine blöde Gans ist, weil sie mich hat zweimal läuten lassen, und richtig bemerk ich schon, daß mein Tascherl offen und das große Portemonnaie mit dem ganzen Geld verschwunden ist. Ich weiß ganz genau, daß mir der Hund es gestohlen hat; ich kann einen Eid leisten darauf, und wenn du es mir nicht glaubst, so sind wir geschiedene Leute!«

Angesichts solcher Drohung mußte Finkelstein natürlich glauben. »Wie ist das aber möglich, Selma?« fragte er. »Im Juni vor drei Jahren hab ich ihn doch damals, wie der Geiger ermordet worden ist, kennengelernt. Er wohnte in derselben Pension wie der Geiger, in der feinsten und teuersten, die es in Wien gibt, in der Metropolis auf dem Schwarzenberg-Platz – da leben doch keine Schnorrer, die ein Portemonnaie ziehen!«

Entgeistert, mit weit aufgerissenem Mund, aus dem es goldig leuchtete, blickte Frau Rosenzweig ihren Freund an.

»In der Pension hat er gewohnt, in der der Geiger ermordet worden ist? Dann ist er der Mörder gewesen! Du Esel, verstehst du denn nicht? Mit meinem Gelde ist er dorthin gezogen, um den armen alten Mann umzubringen! Der Schuft, der einer alleinstehenden Frau nachsteigt, sich herandrängt, sie verrückt macht und dann mit ihrem Gelde abzieht, der ist zu allem imstande!«

James Finkelstein fing furchtbar zu lachen an, aber dieses Gelächter brach plötzlich ab. Nicht so sehr, weil er sah, wie in Selma die Wut aufstieg, sondern weil sein Reportergehirn zu arbeiten anfing. Wer weiß, vielleicht war etwas daran! Vielleicht war das die große Sensation, die ihn emporbringen konnte, die Sensation, die die »Morgenpost« allein haben, ihr neue Abonnenten und ihm Ruhm, Gehaltsaufbesserung und Vorschuß bringen würde!

»Selma«, sagte er, »ich halte natürlich von der Geschichte nichts, aber ich werde ihr doch nachgehen. Und wenn James Finkelstein einer Sache nachgeht, so tut er das gründlich!«

Frau Rosenzweig wurde weich und zärtlich. Sie schmiegte ihren Busen, der jetzt die Knöpfe des Schlafrockes zu sprengen drohte, dicht an die Schulter Finkelsteins, Tränen der Aufregung traten ihr in die Augen, und sie sagte:

»James, der Mann hat mich nicht nur bestohlen – gottlob, darüber kann ich mich ja hinwegsetzen –, aber er hat mich auch beleidigt wie noch nie jemand. Er hat mich zertreten, besudelt, geschändet! Du verstehst ein Frauenherz nicht, sonst würdest du wissen, wie ich ihn hasse, diesen Gauner! James, wenn du ihn entlarvst, schenk ich dir die Nadel vom seligen Rosenzweig mit der großen Perle! Schon vor dem Krieg hat sie fünftausend Kronen gekostet, jetzt ist sie unter Brüdern das Zehnfache wert. Und sofort geb ich dir fünfhundert Kronen auf die Hand!«

Das wirkte ausschlaggebend. Finkelstein nahm das Geld, auf Spesen, wie er sagte, leistete einen feierlichen Schwur, nicht zu rasten und zu ruhen, bevor er dem Geheimnis des Koloman Isbaregg auf die Spur gekommen, aß noch ein halbes Kilo Lindt-Schokolade und schlief dann am Busen der Frau Selma Rosenzweig sanft ein.

II. Kapitel

Er begann emsige, angestrengte Jagdhundtätigkeit. Finkelstein las genau durch, was die »Morgenpost« damals über die Ermordung Geigers geschrieben hatte, und bald fiel ihm eine Stelle auf. Bei der Anführung aller der feinen Leute, die damals die Pension Metropolis bewohnt hatten, kam natürlich auch Koloman Isbaregg vor, der sehr schmeichelhaft als ehemaliger, vielfach ausgezeichneter Offizier erwähnt wurde. Aber es hieß dabei: »Herr Koloman Isbaregg, der erst seit kurzer Zeit Pensionär der Frau Dr. Schlüter ist ...«

Auf zur Pension Metropolis, die wieder blühte und gedieh und kaum noch von der Erinnerung an die Mordtat belastet war! Finkelstein trat mit aller Vorsicht auf und verriet Frau Dr. Schlüter mit keinem Wort, welcher Angelegenheit er nachforschen wolle, sondern log tüchtig drauflos.

»Ich brauch Personaldaten über Herrn Koloman Isbaregg,

weil demnächst ein großes Werk über die deutschösterreichischen Heiden im Weltkrieg erscheinen wird. Und da möchte ich gerne genau wissen, wann eigentlich Herr Isbaregg bei Ihnen gelebt hat.«

Frau Dr. Schlüter, die sich schon im Geiste als Nährmutter des großen Mannes in die Geschichte übergehen sah, schlug bereitwillig in ihren Büchern nach. »Da haben wir es schon: Herr Koloman Isbaregg, zugezogen am 6. Mai 1919, und hier – ausgezogen am 3. Juni desselben Jahres. Ja, das war ja damals.« – Frau Dr. Schlüter seufzte tief auf. Die bloße Erinnerung an die furchtbare Affäre erregte sie.

»Und wissen Sie nicht, wo Herr Isbaregg eigentlich gewohnt hat, bevor er hier einzog?«

»Nein.« Frau Schlüter hatte keine Idee. Finkelstein begab sich in die nächste Telefonzelle und rief Frau Rosenzweig an: »Selma, kannst du mir nicht genau sagen, an welchem Tag vor drei Jahren dir die Brieftasche gestohlen wurde? Ja, ich warte, bis du im Krakauer Kalender nachgeschaut hast. Was, am 5. Mai? Du, das ist großartig. Ich komme der Sache schon näher. Pah, Selma, abends besuch ich dich, wenn mir die Angelegenheit Zeit läßt. Was, Pfefferkarpfen gibt es? Gut, ich komme also jedenfalls!«

James Finkelstein war nun selbst aufgeregt. Am 5. Mai sollte Isbaregg den Taschendiebstahl begangen haben, am 6. Mai war er in die vornehme Pension gezogen! Hm, das hatte Zusammenhang! Also los, nach dem Meldeamt der Polizei.

Eine Stunde später wußte der Reporter, daß Koloman Isbaregg bis zum 6. Mai 1919 durch mehrere Monate bei einer Frau Marie Wanek in der Lederergasse 46 gewohnt hatte.

Finkelstein stellte sich der einfachen, ärmlichen Frau vor.

»Frau Wanek, es handelt sich um eine ganz harmlose, aber sehr diskrete Angelegenheit, und ich hoffe, daß Sie mir meine Fragen genau beantworten werden.« Der strenge Ton, in dem er das sagte, imponierte der Frau Wanek gewaltig, sie führte den Herrn von der Zeitung in ein Zimmer, wischte mit der Schürze einen Stuhl ab und bat den Reporter, Platz zu nehmen.

»Frau Wanek, erinnern Sie sich, daß vor drei Jahren einmal ein Herr Koloman Isbaregg bei Ihnen gewohnt hat?«

Frau Wanek war über die Zumutung, sich nicht erinnern zu sollen, ordentlich empört.

»I, wo wer i denn vergessen! So ein feiner Herr, wie der Herr Hauptmann gewesen ist! Und so ein schöner Mann! Ich hab immer gewußt, er wird noch einmal sein Glück machen. Wenn er auf der Straße gegangen ist, haben sich ja alle Weiber nach ihm umgedreht. Ich habe gehört, daß er sich so reich verheiratet hat, und ordentlich gefreut hab ich mich darüber.«

Auf weiteres eindringliches Befragen erzählte sie dann, wie der Herr Hauptmann aus dem Hotel Klomser zu ihr übersiedelt sei und ihr gesagt habe, daß er aus dem Felde zurückkomme. Zuerst habe er ganz gut gelebt und immer pünktlich bezahlt, aber im Laufe der Monate sei ihm wohl das Geld ausgegangen; er konnte die Miete nicht mehr entrichten, und sie glaube, er habe oft tagelang nicht ordentlich gegessen. Frau Wanek fuhr sich mit dem Schürzenzipfel über die Augen.

»Ich bin selbst eine arme Witwe, aber mir war es sehr schwer, als ich ihm sagte, daß ich das Zimmer weitervermieten müsse, weil ich nicht länger warten kann! Da ist dann der Herr Hauptmann weggegangen und in der Nacht nicht nach Hause gekommen, sondern erst am nächsten Nachmittag, hat mir alles ausbezahlt und ist am anderen Tag ausgezogen, in eine Pension, glaub ich! So einen feinen, guten Herrn wie den Herrn Baron, denn wenn man auch den Adel abgeschafft hat, für mich ist eben ein Baron ein Baron, werd ich nicht wieder bekommen. Wie er schon selbst gar nichts mehr gehabt hat, da hat er den Kindern von den Swobodas, die was im Keller wohnen, noch immer etwas zum Essen geschenkt, und einmal hat er sich sein Nachtmahl mit nach Hause gebracht, da standen die drei Kinder im Haustor und haben geplärrt und gesagt, daß sie Hunger haben, und da hat er sein Nachtmahl ihnen gegeben und noch eine Krone und ist selbst ohne zu essen schlafen gegangen!«

Finkelstein notierte sich das und anderes und ging hochbefriedigt fort. Er überlegte: Koloman Isbaregg war am 4. Mai sozusagen obdachlos geworden, hatte am 5. Mai der Frau Rosenzweig das Portemonnaie gestohlen, seine Schulden bezahlt und war am 6. Mai als nobler Herr in die Pension Metropolis gezogen. Weitere Schlußfolgerung: Mit dreißigtausend und einigen hundert Kronen konnte der Kavalier nicht lange ausgekommen sein, Stellung hat er wohl keine gehabt; aber er, Finkelstein, der ja ganz Wien kannte, wußte ganz genau, daß Herr Kolo Isbaregg von dem Augenblick an, wo er die Pension Metropolis verließ, immer eine gewisse Rolle in der vornehmen Wiener Herrenwelt gespielt hatte. Seine Trauung mit der reichen Frau Dagmar Tökely fand ein Jahr später im Hochsommer – das war aus den Monatsbänden der »Morgenpost« bald festgestellt – statt. Wovon hatte Isbaregg in der Zwischenzeit auf so großem Fuß gelebt? Das wäre rätselhaft gewesen, wenn nicht dieser Mord in der Pension Metropolis geschehen wäre, bei dem Geiger eine Million Kronen geraubt worden waren! Damit allerdings ließ sich schon leben! Finkelstein wurde es wirr und beklommen zumute. Er sah sich eine ungeheuere Aufgabe erwachsen, deren Ende nicht auszudenken war.

Beim Pfefferkarpfen, der, wie er erklärte, zart wie ein Gedicht war, berichtete er Frau Rosenzweig über seine bisherigen Erhebungen. Sie war außer sich und schrie aufgeregt:

»James, wir lassen ihn sofort einsperren! Heute nacht mußt du noch zur Polizei!«

»Stuß«, schrie Finkelstein erbost, »worauf hinauf? Wir wissen nichts gegen ihn, als daß er dir das Portemonnaie gestohlen hat, und auch das könntest du nicht beweisen. Abgesehen davon, daß du sicher nicht die merkwürdige Geschichte, wie er dich angetastet und abgegriffen hat, der Polizei wirst erzählen wollen, damit es in alle Zeitungen kommt!«

»Gott behüte, James, wehe dir, wenn ein Mensch etwas davon erfährt!«

»Also, siehst du! Ich hab noch gar kein Material gegen ihn. Noch dazu in den Zeiten, in denen wir leben! Gut, man würde ihn fragen, woher er das Geld gehabt hat, um so vornehm aufzutreten. Nun, und was, wenn er antworten würde, er hat mit den Italienern Schiebungen gemacht oder von den Kommunisten Geld bekommen oder von den Monarchisten? Wie willst du heute einem Menschen nachrechnen? Ausgeschlossen – nichts ist zu machen, bevor ich nicht Anhaltspunkte in der Sache Geiger habe. Und das wird sehr schwer sein, denn es sind fast drei Jahre vergangen, und alle Spuren sind längst verwischt. Aber wenn etwas herauszubekommen ist, so werde ich derjenige welcher sein, darauf kannst du dich verlassen!«

III. Kapitel

Finkelstein gewann bald die Überzeugung, daß die Nuß, die er sich zu knacken vorgenommen hatte, denn doch allzu hart sei. Er verschaffte sich unschwer vom Polizeipräsidium die ganzen Akten über den Fall Geiger, studierte sie sorgfältig nach allen Richtungen durch, besuchte unter allerlei Vorwänden mehrmals die Frau Dr. Schlüter – alles vergebens. Wohl hatte er nach und nach die eiserne Überzeugung gewonnen, daß Koloman Isbaregg und der hinkende Spanier, der unmittelbar nach dem Morde verschwunden war, ein und dieselbe Person seien, aber er konnte diese seine Überzeugung nicht mit Material belegen. Durch vorsichtiges Befragen der Frau Dr. Schlüter stellte der Reporter definitiv fest, daß während der ganzen acht Tage, die der angebliche Spanier in der Pension Metropolis gewohnt hatte, ihn die Pensionäre und sogar das Dienstpersonal nur ganz flüchtig zu Gesicht bekommen, da ja der mysteriöse Mann frühmorgens fortzugehen und erst spätabends heimzukehren pflegte. Aber wie beweisen, daß Isbaregg es war, der das raffinierte Doppelspiel betrieben hatte? Die frühere schlechte materielle Lage des Hauptmannes, die vagen Beschuldigungen der Frau Rosenzweig, die noch dazu nichts direkt mit der Geschichte zu tun haben wollte, das waren leise Verdachtsmomente, aber auch nicht mehr! Sie rechtfertigten keine Anzeige, geschweige denn eine Verhaftung.

Einen letzten, mehr spielerischen als ernsthaften Versuch machte Finkelstein, indem er sich eines Tages in die Höhle des Löwen begab, das heißt, Isbaregg aufsuchte.

Kolo hatte nach seiner Rückkehr aus Deutschland das Palais in der Prinz-Eugen-Straße verkauft und eine große Wohnung an der Löwelbastei, gegenüber dem Volksgarten, gemietet, die er mit unendlicher künstlerischer Sorgfalt einrichtete. Die Garage im Haus beherbergte seine Automobile, außer dem Chauffeur standen noch ein Hausdiener, sein Kammerdiener und ein Koch in seinen Diensten, und so lebte der Witwer das Leben eines vornehmen Herrn, der gewählte kleine Gesellschaften gab, die schönste Frau Wiens, die geschiedene Gattin eines Sängers, als seine Maitresse aushielt, ohne mit dem Herzen an dieser Liaison sonderlich beteiligt zu sein, und nebenbei – in aller Stille und mittels der diskreten Vermittlung des Rechtsanwaltes Löwenwald – ehemaligen Kriegskameraden, denen es schlecht ging, beisprang und ihr Lebensschifflein irgendwie in das rechte Fahrwasser brachte.

Da hatte er eines Tages in zerrissener Offiziersuniform einen blassen, verstört aussehenden Zeitungskolporteur gefunden, in dem er einen Fliegeroffizier seines Truppenkörpers erkannte. Ohne selbst aufzutreten, befreite er durch Löwenwald den armen Teufel aus seiner Not und richtete ihm einen hübschen Buchladen ein. Ein andermal bekam er einen Bittbrief von seinem früheren Major, der mit Frau und drei Kindern im größten Elend lebte und nicht mehr ein und aus wußte. Da mußte ausgiebig geholfen werden. Kurz entschlossen arrondierte Kolo seinen Besitz in Tirol durch Ankauf eines anstoßenden großen Gutes und setzte den Major als Verwalter ein, der auch die Errichtung einer großen Sägemühle in die Wege zu leiten hatte. Und so tat er noch manches Gute, nicht um den anderen Taten, die er begangen, ein moralisches Gegengewicht zu schaffen, sondern aus innerstem Bedürfnis heraus.

Als ihm nun eines Tages der Diener die schmierige Visitenkarte des Reporters James Finkelstein brachte, fühlte Kolo wohl, wie seine Pulse rascher flogen, aber ohne auch nur eine Sekunde zu zögern, ließ er den Journalisten eintreten.

Finkelstein erinnerte, daß er seinerzeit in der Pension Metropolis schon die Ehre gehabt, brachte nachträglich noch sein inniges Mitgefühl anläßlich des Ablebens der Frau Gemahlin vor, zündete sich mit Behagen eine dargebotene Zigarre an, wobei er aber Kolo immer ins Gesicht sah, und erklärte dann den Grund seines Besuches. Es sei ihm gelungen, in der Mordaffäre Geiger eine neue, allerdings recht vage Spur zu finden, und er hoffe, daß Herr Isbaregg ihm vielleicht doch irgend etwas von Belang mitteilen könne.

»Das wäre?« meinte Isbaregg mit eisiger Ruhe.

»Nun, haben Sie denn eigentlich niemals diesen Spanier, der doch zweifellos der Mörder ist, zu Gesicht bekommen?«

Kolo überlegte kurz.

»Einmal, nach dem Souper, bin ich, als ich die Pension verließ, ihm wohl im Vorzimmer begegnet. Aber es war halbdunkel, und ich habe nur die hinkende Gestalt gesehen, ohne ihr Beachtung zu schenken.«

»Nun, und ist Ihnen nicht die Idee gekommen, daß dieser Mann vielleicht verkleidet war oder sonst etwas mit ihm nicht in Ordnung gewesen ist?«

Isbaregg lachte auf: »Nein, Verehrtester! Wahrhaftig nicht! Erstens ist es nicht meine Gewohnheit, fremde Leute zu mustern, und dann interessierte mich dieser angebliche Spanier nicht im mindesten.« Und voll Ironie fügte Kolo hinzu: »Allerdings, wenn ich geahnt hätte, Ihnen, Herr Finkelstein, einmal damit dienlich sein zu können, so hätte ich mir den Mann ganz genau betrachtet.«

Verlegen und enttäuscht entfernte sich der Reporter, nachdem er noch eine Zigarre eingesteckt hatte. Und er war wieder irre geworden. Dieser Mann machte wahrhaftig nicht den Eindruck eines Verbrechers! Finkelstein war halb und halb entschlossen, sich die Sache aus dem Kopf zu schlagen. Es bedurfte erst einer Wutszene seitens der Frau Rosenzweig, um in ihm wieder den Verdacht festzuklemmen. Aber er sagte der aufgeregten Freundin doch auf den Kopf zu:

»Liebe Selma, das ist alles recht und schön und gut, aber vom Verdacht allein kann ich nicht leben, und ich hab in der letzten Woche keine hundert Zeilen für die ›Morgenpost‹ geschrieben. Wenn das so weitergeht, so schmeißt man mich noch hinaus, und dann, ade Präsenzlisten mit Frau Selma Rosenzweig als Anwesende. Ich werde die Sache im Kopf behalten, aber zunächst muß ich auch anderes arbeiten.«

Und dann pumpte er Frau Rosenzweig um einige hundert Kronen an, die sie nur sehr widerwillig, und nicht ohne Bedingungen zu stellen, hergab.

IV. Kapitel

Einige Tage später rief Dr. Bergmann, der Chef des lokalen Teiles der »Morgenpost«, Finkelstein zu sich und zeigte ihm eine Ankündigung im Amtsblatt: »Finkelstein, das ist etwas für Sie, da schaut vielleicht ein interessanter Artikel heraus.«

Finkelstein las: Dorotheum, morgen nachmittag, vier Uhr, bahn- und postamtliche Versteigerung von Kollis und Gepäckstücken, die unbestellbar geblieben sind und deren Eigentümer nicht ermittelt werden konnten.

Schlecht gelaunt und wenig interessiert begab er sich des anderen Tages eine Stunde vor dem Beginn der Auktion nach dem großen städtischen Versatz- und Versteigerungsamt und erklärte dem Oberinspektor den Zweck seines Besuches. Der Beamte führte ihn bereitwillig in dem großen Saal umher, in dem Berge von Taschen, Koffern, Kartons, Rucksäcken und anderen Gepäck- und Poststücken lagen.

»Man sollte es nicht für möglich halten, wie leichtsinnig die Menschen sind und sich nicht einmal die Mühe nehmen, ihren oft recht wertvollen Sachen ein wenig nachzuforschen. Da hier, in dieser Krokodilledertasche ist ein ganzes silbernes Eßbesteck, das vor Jahren aus Lemberg nach Wien geschickt wurde. Wir haben für jedes Stück eine Art Protokoll, dem die Postbegleitscheine oder was sonst mitlief, beigefügt sind. In diesem Karton befinden sich wertvolle Reiherfedern; da, in diesem Rohrplattenkoffer eine ganze Kinderausstattung. Schauen wir einmal in dem Protokoll nach. Aha, von Wien nach Temesvar am 2. Februar 1917 aufgegeben. Absender Frau Marie Hummel, Adressat Frau Julia Etvös. Also wahrscheinlich eine Mutter, die ihrer Tochter für das Neugeborene die Wäsche schickt. Das Kolli muß bei den damaligen Wirren monatelang umhergelegen sein, bis es im August desselben Jahres mit dem Vermerk ›Adressatin verzogen, unbekannt wohin‹ wieder in Wien eintraf. Und weiter: ›Absenderin unauffindbar, ohne Hinterlassung einer Adresse abgereist.‹ Und dann ist das Kolli Jahr um Jahr in einem Speicher des Hauptpostgebäudes liegengeblieben, bis es jetzt versteigert werden wird.«

Finkelstein bemerkte tiefsinnig: »Und wer weiß, welche Tragödien sich in den beiden Familien abgespielt haben!«

So wühlten sie noch eine ganze Weile in den Stücken herum; Finkelstein machte sich allerlei Notizen, bis ihm die Sache langweilig wurde und er schon gehen wollte. Gerade aber hatte der Inspektor noch eine ziemlich große braune Handtasche aus Lederimitation ergriffen und geöffnet.

»Kuriose Dinge, die da in der Tasche sind«, meinte er lachend und schwenkte einen falschen schwarzen Bart dem Journalisten entgegen. Nun, das gab ja vielleicht noch einen heiteren Einschlag für den Artikel, und der Reporter sah auch den anderen Inhalt an. Ein schwarzer Schlapphut, ein dunkelgrauer Radmantel, ein schwarzer, seltsamer Gummipfropfen, eine dunkle Brille kamen ihm entgegen, und zuunterst lag ein Paar Stiefel, das zwar bestaubt, aber ersichtlich nur wenige Male getragen war. Der Beamte steckte je eine Hand in einen Schuh und klatschte mit den Sohlen gegeneinander. »Oho, was ist denn das?« rief er. »Der Mann, den der Koffer nie erreicht hat, war ein Krüppel. Der eine Schuh ist orthopädisch und für einen Hinkenden gemacht.«

Finkelstein sah und hörte einen Augenblick nichts, alles drehte sich um ihn, und es war ihm, als wenn von weit her eine Stimme immer wieder brüllen würde: Brille, Bart, Kalabreser, der Hinkende! Schließlich faßte er sich und griff nach dem Akt, der an den Henkel der Tasche gebunden war. Aber der Beamte unterbrach ihn:

»Da ist ja noch etwas drin! Aha, ein kleines, aber sehr schön gearbeitetes Taschenwerkzeug aus Nickel! Famoses Stück, möchte ich mir am liebsten selbst behalten.«

Der Reporter fieberte vor Ungeduld. »Lieber Herr Inspektor, die Tasche interessiert mich besonders, sagen Sie mir, woher sie kommt und wohin sie bestimmt war?«

Der Beamte löste den Akt und las der Reihe nach vor. »Da ist der Postbegleitschein! Aufgegeben in Wien auf dem Postamt Südbahnhof am 1. Juni 1919 nach Graz hauptpostlagernd. Absender Johann Merker, Wien, I., Annagasse 4. Von Graz im Jahre 1920 als nicht abgeholt nach Wien zurück, und jetzt der Postzettel: ›Johann Merker, Wien, I., Annagasse 4, unbekannt.‹ Notiz des Postboten: ›Mann dieses Namens hat nie in dem Hause gewohnt, auch in der Nachbarschaft unbekannt.‹ Hier ein weiterer Zettel: ›Johann Merker durch polizeiliches Meldeamt nicht zu eruieren.‹«

Finkelstein zitterte. Am 1. Juni, also am Tage nach der Ermordung des alten Geiger, war diese Tasche aufgegeben worden! Und der Spanier war ein Mann mit schwarzem Bart, dunkler Brille, Radmantel und Kalabreserhut gewesen und hatte gehinkt! Finkelstein mußte sich gewaltsam zurückhalten, um nicht aufzubrüllen und umherzutanzen.

»Herr Oberinspektor«, keuchte er, »Sie können mir und meinem Blatte einen Gefallen erweisen, der Ihnen unsere ewige Dankbarkeit sichern wird. Ich habe ein besonderes Interesse an dieser Tasche, ich muß sie in meinen Besitz bekommen, unbedingt und sofort! Helfen Sie mir dazu.«

Verwundert, unschlüssig, aber doch auch geschmeichelt. überlegte der Versteigerungsbeamte.

»Na«, meinte er schließlich, »die Sache wird sich ja machen lassen, wenn es auch unkorrekt ist. Aber um Ihnen gefällig zu sein ...«

»Nun, nun, wie läßt es sich machen?«

»Ja, also das Einfachste wäre, Sie würden warten, bis das Objekt zum Ausruf kommt, und dann mitsteigern und es erwerben. Das kann aber stundenlang dauern, und dann kann man nie wissen, wie hoch die Schieber, die bei einer solchen Auktion wie die Kletten zusammenhalten, den Plunder hinauftreiben werden. Also, ich sage Ihnen etwas. Der Ausrufpreis ist mit hundertfünfzig Kronen festgesetzt, geben Sie halt zweihundert, und ich werde das so in die Bücher eintragen, als wenn es eben mit zweihundert erstanden worden wäre. Nur dürfen Sie mich nicht verraten.«

Finkelstein hatte zufälligerweise die Zweihundert bei sich, und so zog er denn mit der Handtasche ab und lief, auf der Straße angelangt. wie ein Rasender in vollem Galopp, bis er in der Engelgasse in seinem möblierten Zimmer allein war.

V. Kapitel

Stück für Stück besah er gründlich, beschnupperte es förmlich, machte sich Notizen, grübelte, rannte im Zimmer auf und ab, entwarf Pläne, verwarf sie wieder, bis er das Material gesichtet, geordnet, verdaut hatte.

Der Bart verriet seine Herkunft nicht; es war auch unwahrscheinlich, heute nach drei Jahren zu eruieren, wo und von wem er gekauft worden war. Dasselbe galt für die Brille. Radmantel und Schlapphut, beide fast ungetragen, wiesen die Marke des Warenhauses Gerngroß auf. Wichtiger noch waren die Schuhe. Die Laschen hatte der Besitzer sorgfältig abgeschnitten, aber Finkelstein entzifferte mit Hilfe eines Vergrößerungsglases unschwer den Namen des Schusters, der auf den beiden noch vorzüglich erhaltenen Sohlen eingeprägt war. Da stand es deutlich: JosefWodraschka, I., Seilergasse 13.

Und nun das Werkzeug. Auf dem Griff schön eingraviert: Canadien Tools Factory, Toronto. Richtig – Koloman Isbaregg war ja von Toronto aus nach Österreich geflohen, um sich dem Vaterlande zur Verfügung zu stellen. Das war entscheidend, das wies direkt auf Isbaregg als den Täter hin. Doch Beweis war es noch nicht, denn es mögen sich immerhin solche Werkzeuge genug auch hier befinden. Der Hut, der Mantel, die Schuhe mußten die Beweiskette bilden, und vor allem die Postbegleitadresse mit dem sicher fingierten Namen des Absenders.

Der Journalist überlegte, Hut und Mantel – es lag beinahe außerhalb des Bereiches der Möglichkeit, daß man sich in dem großen Warenhaus erinnern sollte, wer vor drei Jahren diese Sachen gekauft hatte. Nein, überflüssige Arbeit und Mühe, dort nachzuforschen. Aber die Schuhe, diese orthopädischen Schuhe, sie konnten eher Klarheit bringen. Finkelstein packte die Schuhe ein, verließ sein Zimmer, leistete sich ein Autotaxi und fuhr zu dem Schuster in die Seilergasse. Der Meister saß im Laden und war allein. Finkelstein legte die Schuhe vor ihn hin.

»Verehrter Herr Wodraschka, es handelt sich um eine eminent wichtige Angelegenheit, aus der für Sie noch die größte Reklame herauswachsen kann. Diese Schuhe wurden von Ihnen vor drei Jahren zwischen 5. und 20. Mai geliefert. Schauen Sie in Ihren Büchern nach, strengen Sie Ihr Gedächtnis an, tun Sie, was Sie können, um zu ermitteln, wer der Mann war, der sie bei Ihnen bestellt hat.«

Der Schuhmacher rückte die Brille zurecht, musterte eingehend die Stiefel und nickte:

»Jawohl, das sind meine Schuhe, gute, solide Arbeit, und wie neu sind sie noch! Aber, Herr, wie soll ich wissen, wer die Stiefel bestellt hat? Ich bin Spezialist für orthopädisches Schuhzeug, Krieg haben wir auch gehabt, jede Woche sind gerade vor drei, vier Jahren Dutzende solcher Stiefel aus meiner Werkstatt herausgegangen! Aber ich will Ihnen ja gerne gefällig sein und in den Büchern nachschlagen. Cölestin', bring das Kassabuch, das Maßbuch und das Bestellbuch her, aber schnell!«

Aus einem dunklen, anstoßenden Raum kam mit den Büchern ein auffallend häßliches, blatternarbiges Mädchen mit einer schiefen Schulter. Der Meister blätterte Seite um Seite, las zwanzig, dreißig Namen von Kunden vor, denen er um die angegebene Zeit orthopädische Schuhe geliefert hatte, bis er endlich achselzuckend sagte:

»Da ist einer ohne Namen. Am 19. Mai, Angabe von 50 Kronen erhalten für ein Paar Stiefel. Da im Maßbuch steht drin Größe 41, rechter Schuh um zwei Zentimeter erhöht.« Der Meister lachte: »Komisch, da muß ich rein die Stiefel gemacht haben, ohne ein genaues Maß gehabt zu haben! Kommt nicht oft vor. Und da im Kassabuch können Sie es lesen: 25. Mai Rest auf ein Paar orthopädische Stiefel 300 Kronen erhalten. Also, da kann ich nur sagen, daß der Käufer mir seinen Namen nicht genannt hat, weil der sonst dabeistehen würde.«

Im dunklen Hintergrund lachte und gluckste es.

»Was ist, Cölestin'?« rief der Vater barsch seiner Tochter zu, die dort stand und sich verlegen den breiten Mund mit der Schürze zuhielt.

Das Mädchen kicherte: »Vater, ich weiß ganz genau, wer die Stiefel damals bestellt und abgeholt hat.«

Finkelstein sprang auf das Mädchen zu: »Fräulein, ich bitte Sie, reden Sie nur, sagen Sie alles, was Sie wissen, es soll Ihr Schade nicht sein, ich werde mich schon bei Ihnen revanchieren!«

Und Cölestine erzählte verschämt: »Weißt, Vater, ich war Ostern mit der Tant' im Prater, und wir haben uns Karten aufschlagen lassen. Mir hat die Frau gesagt, ich tät bald Namenstag haben, und wenn ich an dem Tag einen schönen Herrn sehen tät, so würd' ich großen Eindruck auf sein Herz machen. Na, und weil doch richtig bald darauf, am 19. Mai mein Namenstag ist, da hab ich halt ordentlich aufgepaßt, ob ich einen schönen Mann sehen möcht. Und richtig ist am Vormittag ein großer, schöner, feiner Herr gekommen, der für seinen Bruder, der hinken tut, ein Paar Stiefel bestellt hat. Er hat es sehr eilig gehabt und fünfzig Kronen beangabt und gesagt, er muß die Schuhe in zwei Täg haben, und es sollen Einundvierziger sein und der rechte höher. Und dann hab' ich ihn noch einmal gesehen, wie er die Schuh geholt hat, und ich hab' mich gewundert, daß er sie selbst fortgetragen hat.«

»Ah, da schaut's her, was die Weibsbilder alles im Kopf

haben, wenn es um einen schönen Mann geht«, meinte der Meister schmunzelnd, aber Finkelstein hatte nicht die Nerven für neckische Unterhaltung.

»Fräulein, liebes Fräulein Cölestine, wie hat der Mann ausgesehen?«

»Na, schön war er halt und groß, ein bissel mager und schwarze Haar. Und Augen hat er Ihnen gehabt, ui je, Augen, daß es einem durch und durch gegangen ist.«

Mehr war aus Cölestine nicht herauszubekommen, und Finkelstein vereinbarte nun für neun Uhr morgens des nächsten Tages ein Rendezvous, nachdem sie ihm hoch und heilig geschworen hatte, den schönen Mann bei Tag und Nacht immer wieder aus Tausenden heraus zu erkennen.

Der Reporter raste nun ins Bureau, machte seinem Chef davon Mitteilung, daß er an einer Sensation arbeite, von der bald ganz Wien, nein, ganz Deutschösterreich – was heißt Deutschösterreich –, die ganze Welt sprechen werde, und schrieb dann an Kolo Isbaregg einen sehr höflichen Brief, in dem es nach den einleitenden Worten hieß:

»Ein scheinbar verarmter und heruntergekommener invalider Offizier namens Johann Liechtenfels bittet uns flehentlich, einen Aufruf an die Mildtätigkeit unserer Leser zu veröffentlichen, und beruft sich dabei auf Sie, mit dem er zusammen im Felde gestanden haben will. Wir möchten seiner Bitte nicht willfahren, ohne von Ihnen eine Bestätigung seiner Angabe erhalten zu haben.«

Stolz auf seine Schlauheit, aber auch vollständig erschöpft, eilte dann Finkelstein zu Frau Selma Rosenzweig, um ihr in fliegender Hast und größter Aufregung die Erlebnisse dieses ereignisreichen Tages zu schildern.

Der Effekt seiner Mitteilungen war ein unerwarteter. Frau Selma klatschte nicht in die Hände vor Vergnügen, sie umarmte ihn nicht, nannte ihn nicht wie sonst, wenn er ihre

Toilette besonders schwungvoll in der »Morgenpost« geschildert hatte, »geliebtes Goldbubi«, sondern sie saß bleich, keuchend, zitternd da, starrte ihn mit weit aufgerissenen Augen an und sagte dann tonlos:

»James, mir kommt ein grauenhafter Gedanke! Der Mann hat nicht nur mir meine Geldtasche gestohlen und den Geiger ermordet, er hat auch seine Frau umgebracht!«

Totenstille, Finkelstein stierte vor sich hin, um dann zu murmeln: »Selma, das ist Unsinn, sie hat doch Selbstmord begangen!«

»James, woher weiß man das?«

»Nun, es ist ja ihr Abschiedsbrief gefunden worden! Sie hat sich mit Morphium vergiftet.«

»James, er hat sie umgebracht, sag ich dir! Forsch nach, und du wirst sehen, ich hab recht!«

Und Finkelstein sank ganz in sich zusammen und dachte nach und erblickte Sensationen vor sich, wie sie die Welt noch nicht erlebt, und er richtete sich auf und schrie mit weit ausgreifender Gebärde:

»Selma, du kannst recht haben, und dann bin ich ein gemachter Mann! Alle Kollegen werden zerspringen! Aber jetzt gib mir etwas Gutes zu essen!«

VI. Kapitel

Am nächsten Morgen schlenderte Finkelstein eine gute Stunde lang mit der Schusterstochter unauffällig die Löwelbastei entlang, bis endlich das Doppelportal des Hauses aufgerissen wurde und langsam das offene Automobil herausfuhr, in dem Kolo saß. Der Reporter hatte mit dem Mädchen Deckung hinter einer Litfaßsäule gefunden, und er kniff Cölestine in seiner Aufregung heftig in den Arm. Sie aber, von seiner Erregung angesteckt – rief leise immer wieder: »Natürlich, das ist er, gleich hab ich ihn erkannt. Oh, was für ein schöner, feiner Mann!«

Glied an Glied schloß sich in der Kette der Beweise! Aber nun galt es das Schwierigste, das Geheimnis des Todes der Frau Isbaregg! Nachmittags fand Finkelstein, als er eben seine Pläne schmiedete, im Bureau schon die Antwort Isbareggs auf seinen Brief vor:

»Geehrter Herr! Mir ist der Name Johann Liechtenfels vollständig unbekannt, und er war sicher niemals Offizier in meinem Truppenverbande. Trotzdem – schicken Sie den Mann zu mir, vielleicht kann ich ihm helfen.«

Finkelstein grinste. Die List war gelungen. Und nun nahm er den Postbegleitschein und verglich das »Johann« in dem eben erhaltenen Briefe mit dem »Johann«, als der damals vor drei Jahren der Absender der Handtasche unterschrieben hatte. Zug um Zug dieselbe Schrift – man mußte kein Graphologe sein, um die Gleichheit feststellen zu können.

So, nun konnte er ja wohl zugreifen. Zuerst den großen Artikel schreiben, dann etwa um Mitternacht den Chef der Sicherheitspolizei aus dem Bett holen, ihm die Enthüllungen vorlegen und Isbaregg verhaften lassen. Ja, so würde es gehen, aber – was war denn mit dem anderen Fall, mit dem noch viel sensationelleren, mit der Ermordung der Frau Dagmar Isbaregg? Das würde dann die Polizei allein erheben und das Resultat natürlich allen Zeitungen gleichzeitig mitteilen. Also käme er um die Früchte dieser wüsten Sensation. Nein! Er, Finkelstein, mußte den Erfolg bis zur Neige auskosten, die »Morgenpost« die ganzen Verbrechen des unheimlichen Multimillionärs enthüllen.

Schwierige, aufregende Tage kamen für Finkelstein. Er eruierte, wer von der Dienerschaft nach dem Tode der Frau Isbaregg entlassen worden war, und entschied sich für die Kammerzofe der Verstorbenen, die am ehesten einen Zipfel des Schleiers lüften könnte. Fräulein Rosa Langmann war jetzt Kammermädchen bei einer reichen Industriellengattin, und es war nicht allzuschwer, ihre Bekanntschaft zu machen. Aber das brave Mädchen war diskret, mißtrauisch, abweisend. Immer wieder schlich sich der Reporter an sie heran, er schenkte ihr Theaterkarten, schmeichelte ihr, wußte immer wieder das Gespräch auf ihre frühere Herrin zu bringen, bis langsam das Mißtrauen Rosas schwand und einer überlegenen Verachtung für den neugierigen Juden Platz machte, der aber schließlich ein ganz netter Mensch war und ihr Gelegenheit bot, jeden Sonntag ins Theater zu gehen.

Einmal, nach einer Opernvorstellung, ließ sie sich von Finkelstein in ein feines Gartenrestaurant führen, und nach einer Flasche Wein wurde sie endlich gesprächiger. Der Journalist hatte ihr eingeredet, daß er Frau Dagmar gekannt und heimlich geliebt habe und daher sich für ihre Ehe und ihr Ende interessiere. Diesmal sagte er mit bewegter Stimme, daß ihn der Gedanke, Frau Dagmar sei vielleicht durch die Lieblosigkeit des Gatten in den Tod getrieben worden, nicht schlafen lasse. Und da erzählte denn Rosa:

»Lieblos war er eigentlich nicht, nur nach meinem Geschmack recht kalt. In der letzten Zeit war er übrigens sogar besonders nett zu der gnädigen Frau, während es ein paar Wochen vorher ordentliche Streitigkeiten und viel Tränen gab. Heute noch ist es mir aber ein Rätsel, warum die arme Frau sich umgebracht hat. Na, sie war halt furchtbar verliebt in den schönen Mann und wird wohl geahnt haben, daß er sich früher oder später doch von ihr abwenden würde! Wenn ein Mensch Näheres über die Herzensgeschichte der Frau Isbaregg weiß, dann bin natürlich nicht ich es, sondern höchstens das Fräulein Esbersen, denn das war ihre beste und einzige Freundin.«

Finkelstein zappelte vor Erregung, sagte aber, als wäre er ganz ruhig:

»Esbersen, Esbersen – ich glaube, ich habe schon von ihr gehört!«

»Ja, Helga Esbersen, eine Landsmännin von der Frau Isbaregg! Sie schreibt Bücher, vielleicht haben Sie schon etwas von ihr gelesen. Jetzt lebt sie, glaube ich, in München, wenigstens ist sie plötzlich von hier dorthin gefahren, und ihre Kondolenz an die Frau Tante der Frau Isbaregg kam auch noch aus München.«

Finkelstein wurde zerstreut und wortkarg, Rosa hatte plötzlich jedes Interesse für ihn verloren, und er schützte Kopfschmerzen vor, um das Tête-à-tête bald beenden zu können. Am nächsten Tag aber nahm er im Bureau einen kurzen Urlaub und etwas Vorschuß und ließ sich auch von Frau Selma noch reichlich mit Geld versehen.

VII. Kapitel

Finkelstein hatte Glück. Helga Esbersen war noch immer in München, und ihre Adresse konnte ohne Schwierigkeit ermittelt werden. Helga, die frauenhafter, schöner und schlanker geworden war, empfing den Wiener Journalisten verwundert und fragte sehr zurückhaltend nach seinen Wünschen. Finkelstein hatte sich aber genügend auf diesen Moment vorbereitet.

»Meine Gnädige, unser Blatt wird eine Serie von Artikeln veröffentlichen, in denen berühmte ausländische Autoren, die Wien genau kennen, ihre Ansicht über diese Stadt äußern werden. Natürlich konnte ich meinen Aufenthalt in München nicht vorübergehen lassen, ohne die große dänische Schriftstellerin, deren letztes Werk, ›Das Weib und das Weibchen‹, solches Aufsehen gemacht hat, um einen Beitrag zu bitten.«

Helga lächelte ironisch mit herabgezogenen Mundwinkeln.

»Aufsehen? Mein Buch ist eben erst in dänischer Sprache erschienen und in Deutschland noch wenig bekannt. Und solche Gelegenheitsarbeiten für Tageszeitungen liebe ich nicht. Übrigens wundert es mich sehr, daß Sie gerade auf mich verfallen sind, wo es doch in München an Schriftstellern, und zwar auch an solchen aus Dänemark, nicht fehlt.«

Jetzt hieß es losschießen. Mit einer tiefen Verbeugung sagte Finkelstein:

»Nun, ich habe die Ehre, Herrn Koloman Isbaregg zu meinen Bekannten zu zählen, und er ist es, der mich an Fräulein Esbersen gewiesen hat.«

Helga erblaßte und fuhr jäh zusammen. Einen Augenblick versagte ihr die Stimme, dann faßte sie sich mühsam und fragte scharf und trocken: »So, Herr Isbaregg! Nun, der hat doch sicher von meinen schriftstellerischen Fähigkeiten keine allzu hohe Meinung.« Und wieder erbleichend fügte sie hinzu: »Was macht denn eigentlich Herr Koloman Isbaregg?«

Finkelstein war ein recht gewöhnliches Individuum von minderer Bildung, aber ein guter Beobachter. Und er hatte deutlich gesehen, welche Erregung der Name Isbaregg bei der Dänin hervorgerufen; es war ihm ihr Erbleichen ebensowenig entgangen wie die Verachtung, der Haß und das brennende Interesse, das in ihren Worten über den Mann ihrer toten Freundin lag. Und Finkelstein änderte mit einem Ruck seine Taktik und beschloß einen kühnen Streich zu führen.

»Kolo Isbaregg lebt nobel und vornehm, wie man es eben tun kann, wenn einem die Gattin dreißig oder vierzig Millionen hinterlassen hat. Er dürfte übrigens das Junggesellenleben wieder aufgeben und sich demnächst verheiraten.«

Der Hieb saß. Helga fuhr empor, Totenblässe und tiefe Röte jagten über ihr Gesicht, sie krampfte die Finger in den Handballen, es flimmerte ihr vor den Augen, und sie verlor jede Selbstbeherrschung. Mit wogender Brust keuchte sie Worte hervor:

»Er heiratet wieder, er wagt es! Hat er an der einen noch nicht genug? Braucht er mehr Geld?«

Finkelstein saß lauernd mit weit aufgesperrten Augen und Ohren da und goß Öl in das Feuer, das vor ihm aufloderte.

»Mein Gott, er macht ja gar kein Hehl daraus, daß er seine erste Frau nicht geliebt hat. Das Mädchen, das er jetzt heiraten wird, ist aus sehr vornehmem Haus, wunderschön, und er liebt es rasend. Ich sage Ihnen, ich war ordentlich gerührt, als er mir vor einigen Tagen, als wir zusammen im Club speisten, sagte: ›Finkelstein, jetzt erst weiß ich, was Liebe ist! Lolo ist das Weib, das für mich bestimmt ist, alles andere war

Plunder, war nichtige Spielerei, war nicht wert, geliebt und geküßt zu werden!‹«

Ein Krampf schüttelte das junge Weib. Sie lachte gellend auf und schrie fast die Worte heraus:

»Diese Lolo soll sich nur in acht nehmen, daß sie nicht, wenn die nächste auftaucht, umgebracht, ermordet, vergiftet oder erwürgt wird, wie es meine arme Dagmar wurde!«

Der Reporter machte ein ernstes, abwehrendes und betretenes Gesicht.

»Gnädiges Fräulein, ich muß schon bitten! Da spielt Ihnen wohl Ihre Phantasie einen Streich! Ich weiß, daß man allerlei munkelt, aber natürlich ist das Unsinn, denn Frau Dagmar Isbaregg hat zweifellos Selbstmord begangen! Ihre letzten Worte wurden ja in ihrer eigenen Handschrift neben dem Glas, aus dem sie den Wein mit den Morphiumtropfen getrunken hatte, gefunden.«

»So, ihre letzten Worte, wissen Sie das so genau. Nun, ich sage Ihnen, es waren nicht ihre, sondern seine letzten Worte! Die Worte, die er der armen, törichten Frau diktiert hatte!«

Und außer sich, mit verzerrtem Gesicht, brennenden Nerven und zitternden Fingern riß Helga die Lade eines Schreibtisches auf, wühlte in Briefen umher und warf dann dem Reporter einen zu: »So, lesen Sie selbst!«

Finkelstein las, las den Brief einer verliebten Frau, in dem sie der Freundin erzählt, wie zärtlich und gut ihr Gatte sei, wie besorgt um ihre Gesundheit. »Und denke dir nur, er, der doch nie gerne Komplimente gemacht hat, benützte gestern die Gelegenheit, mir allerlei Nettes zu sagen. Kolo betreibt graphologische Studien auf ganz eigene Weise. Er versetzte mich nun in eine heitere und eine ernste Gemütsstimmung, ließ mich als Strohwitwe zuerst einen sehnsüchtigen, glücklichen Brief schreiben und dann einen verzweifelten, düsteren. Ich mußte machen, als würde ich von ihm fort wollen und so ungefähr schreiben: ›Lebe wohl, ich gehe von dir, Geliebter, sei mir nicht böse, wenn ich dich für immer verlasse! Es muß so sein. Eine tiefinnere Müdigkeit zwingt mich zu diesem Schritt. Lebe wohl und vergiß meiner nicht ganz.‹ Nun, und aus dem heiteren Brief und diesem traurigen hat er ein Charakterbild von mir entworfen, über das ich ordentlich stolz sein kann. Er meint –«, und nun folgte die Aufzählung all der Eigenschaften, die Kolo ihr damals angedichtet hatte.

Helga stand mit verschränkten Armen, den Rücken ihm zugewandt, und starrte durch das Fenster auf die Straße. Finkelstein aber, der am liebsten laut aufgejubelt hätte, steckte den Brief blitzschnell in die Brusttasche, räusperte sich und sagte, während er Helga, die sich ihm wieder zudrehte, das Kuvert gab, das sie in die Schublade warf:

»Allerdings, das ist furchtbar, das ist geeignet, Verdacht zu erregen! Aber immerhin, ich bin mit Isbaregg befreundet, ich will nichts wissen, nichts damit zu tun haben. Und auch Ihnen kann ich nur den Rat geben –«

Helga strich sich mit beiden Händen über das jetzt vergrämt und alt aussehende Gesicht und nickte:

»Recht haben Sie! Was geht das mich, was geht das Sie an. Soll er allein mit sich fertig werden und meinetwegen noch ein paar Frauen töten! Mir kommt es nicht zu, zu richten und zu verfolgen!«

Finkelstein fühlte es unter seinen Füßen brennen. Er empfahl sich unartig rasch, lief die Treppen hinab, warf sich in ein Autotaxi, stopfte im Hotel rasch die Sachen in den Handkoffer und fuhr nach dem Bahnhof. Nur fort, rasch fort aus München, bevor dieses Weib zur Besinnung kam, entdeckte, daß er ihr den Brief nicht zurückgegeben hatte. Der Schnellzug nach Wien ging erst in einigen Stunden ab, aber Finkelstein bestieg den nächsten Lokalzug, der an die Grenze fuhr, und wartete dort den Schnellzug ab.

VIII. Kapitel

Einem warmen Frühlingstag war eine sternenhelle, kalte Mondscheinnacht gefolgt, und Isbaregg fröstelte, als er den heißen, mit Rauch und Alkoholdunst erfüllten Jockeyclub verließ. Aber die frische Luft tat ihm wohl, er winkte dem Chauffeur ab und schlenderte langsam, wie ein Mensch, der unschlüssig und ziellos ist, die Ringstraße entlang nach Hause.

Kolo hatte gespielt und wieder Glück gehabt, wie fast immer in der letzten Zeit, da er dieses Kartenglück nicht brauchte und verachtete. Heute waren ihm die Tausender nur so zugeflogen, alle Taschen hatte er gefüllt mit diesen zerknitterten Geldscheinen, und es mochte wohl ein kleines Vermögen sein, das er bei sich trug. Seine Laune konnte dieses Glück im Spiel nicht bessern.

Er, der glückliche, reiche, von allen Männern beneidete, von den schönsten Frauen geliebte Mann fühlte sich unbefriedigt, unzufrieden, war mit sich selbst zerfallen. Was ist das für ein Leben, dachte, er, während er weiterschritt. Alles das, wonach ich mich einmal brennend gesehnt, kann ich jetzt mühelos haben, und es freut mich nicht. Die schönsten Frauen fliegen mir in die Arme, und während ich noch Küsse mit ihnen wechsle, sind sie mir schon lästig. Ich bin voll von Überdruß, mir fehlt das große Schaffen, das mit allen Nerven, mit dem Gehirn und den Fäusten Auf-ein-Ziel-Hinarbeiten! Alles, was ich tue, ist zwecklos, ich drehe mich im Kreise umher, und mir schwindelt von diesem Rotieren um das eigene Ich. Damals, als ich in Kanada noch schuften und arbeiten mußte, um vorwärts zu kommen, war ich restlos glücklich, weil ich täglich ein Stück Weg hinter mich gebracht hatte und mir ein gutes Mahl, ein erobertes Frauenherz als köstliches

Erlebnis schien. Jetzt schmeckt das alles schal und abgestanden, der Tag kann mir nichts Neues bringen, und an das eine wage ich nicht zu denken, will ich nicht denken. Helga, du –

Und Isbaregg empfand die Sehnsucht nach Helga Esbersen wie einen körperlichen Schmerz und stöhnte auf. Helga, du bist mein Weib, du bist die, auf die ich hätte warten sollen, du bist die, die mich ganz ausfüllen, ganz zufrieden, ganz gut hätte machen können. Und was habe ich mit dir getan, du armes Kind, du! Vergewaltigt, gedemütigt, immer wieder aufs Neue deines herrlichen freien Willens beraubt habe ich dich, bis du mir entflohen bist, wie man dem Räuber im Wald entflieht. Und ich weiß, daß du mich haßt, mit einem wilden fanatischen Haß, der die Liebe in dir erwürgt! Helga, wie kann ich den Weg zu dir zurückfinden, was muß ich tun, damit du den Haß tötest und die Liebe leben läßt?

Isbaregg ging hart an einer der Bänke auf der Ringstraßenallee vorbei und streifte einen menschlichen Körper. Er sah hin und erblickte ein in die Ecke der Bank gekauertes schlafendes Weib. Langsam ging er weiter, blieb stehen und kehrte, während er murmelte: »Die Person soll anderswo ihren Rausch ausschlafen, hier kann sie erfrieren«, zur Bank zurück. Der Mond beschien voll die Schläferin, über die sich Kolo beugte. Er konnte den Blick nicht von ihr wenden. Das war kein Weib, das war ein zartes, blasses Kind, ein Mädchen von vielleicht siebzehn, das wohlbehütet bei der Mutter im warmen Bett zu schlafen hatte. Und dieses Kind mit dem bleichen, mageren Gesichtchen und den blauweißen Lippen und den blonden Haaren, die wirr in die Stirne hingen, hatte nur eine dünne Bluse an und erschauerte im Schlaf vor Kälte. Wie er sich aber tiefer über sie beugte, um sie zu wecken, sah Kolo, daß des Mädchens Leib ein Kind barg, daß ihr Leib mit dem verflucht war, was anderen Müttern der höchste Segen bedeutet.

Jähes Mitleid quoll in Kolo auf, und er weckte sie durch sanftes Berühren. Verwirrt schlug das Kind die großen Augen auf und murmelte schlaftrunken: »Ja, ich gehe mit, wenn Sie ein eigenes Zimmer haben! Ins Hotel läßt man mich nicht hinein.«

Ein leises Grauen und etwas wie maßlose Wut gegen sich selbst und die ganze Welt überkam Kolo. Sanft und ruhig aber sagte er: »Nicht deshalb habe ich Sie geweckt, Kind, sondern weil Sie hier nicht schlafen dürfen. Es ist kalt und wird immer kälter, Sie können sich den Tod holen.«

Langsam stand das junge Weib auf, zuckte die schmalen Schultern, machte eine verächtliche Gebärde und ging, nach rückwärts übergebeugt, mit dem schleppenden Gang der Hochschwangeren weiter. Kolo blieb ihr zur Seite. »Kind, Sie scheinen kein Obdach zu haben, ich will Ihnen Geld geben, damit Sie allein ein Hotel aufsuchen können!«

Kopfschüttelnd und leise: »In ein Hotel läßt man mich nicht hinein, die fürchten, es könnt sonst was geschehen! Aber wenn Sie ein Zimmer haben und mich auf dem Fußboden schlafen lassen, dann brauchen Sie mir nichts zu bezahlen.«

Immer nur dieses eine, dieses einzige, was das Kind vom Leben und von den Männern wußte!

Kolo ergriff die kleine eiskalte Hand.

»Nein, Sie dummes Kind, ich will Sie nicht bezahlen, sondern Ihnen helfen. Haben Sie denn noch nie jemanden gefunden, der gut ist, ohne gleich an Gegenleistung zu denken?«

Scheu sah ihn das Mädchen von der Seite an und warf verächtlich die Lippen auf.

»Sie werden mir schon der Rechte sein! Uh je, wer weiß, was Sie für Schweinereien verlangen!«

Kolo streichelte die zuckende Hand.

»Unsinn, Kind, gar nichts verlange ich von Ihnen! Nur daß Sie bald in ein Bett kommen. Vorher aber müssen Sie etwas

Warmes essen und trinken.« Und er führte das Kind, das Mutter werden sollte, um die Straßenecke zu einer kleinen Kaffeeschenke, die noch offen hielt. Dort bestellte er Eier und Tee, und das Mädchen ließ es ruhig geschehen und sah ihn nur groß und fragend an.

Kolo lächelte ihr zu. »Wie heißen Sie? Nun ja, Maria, so müssen Sie wohl auch heißen! Also, Maria, ich habe sehr viel Geld, so viel, daß ich gar nicht weiß, was damit anzufangen. Und es macht mir eben Spaß, einem armen kleinen Mädchen, wie Sie es sind, zu helfen! Nur müssen Sie mir ein wenig Vertrauen schenken, sonst geht es ja nicht, und Sie dürfen nicht glauben, daß ich etwas von Ihnen will. Höchstens, wenn das Kind ein Bub ist, daß Sie ihm meinen Namen geben. Darum möchte ich schon gebeten haben.«

Da wurde Maria blutrot, sah verschämt an ihrem schweren Leib hinab und lachte dann ein helles, echtes Kinderlachen.

Die Geschichte, die sie erzählte, war banal und einfach genug. Lehrmächen bei einer kleinen Modistin, bildsauber, von Männerblicken verfolgt und noch unschuldig. Bis sie ein eleganter Herr auf der Straße anspricht, in eine Konditorei führt, lieb und nett zu ihr ist, ihr Geld für ein Paar Schuhe und eine Bluse schenkt und sie für den nächsten Tag zu einer Heurigenpartie einlädt. Und das dumme Ding mit dem ewigen ungestillten Hunger nach gutem Essen willigt gerne ein. Kann es auch tun, weil es keinen Vater hat – der ist schon vor langer Zeit irgendwo in Kriegsgefangenschaft gestorben – und die Mutter sich nicht viel um die Tochter kümmert. Hauptsache, daß sie ein paar Kronen Gehalt für den Haushalt abliefert. Beim Heurigen war es sehr lustig, und sie bekam einen Schwips, und als sie wieder ordentlich zur Besinnung kam, da lag sie in einem Bett im Hotel und war ausgezogen. Na, der Herr war ja nobel, schenkte ihr, als sie weinte, hundert Kronen, und gab ihr für den nächsten Tag wieder ein Rendezvous. Aber sie kam nicht, ließ nie wieder etwas von sich hören, und nun trug sie ein Kind unter dem Herzen und wußte nicht einmal den Namen des Vaters. Die Lehrherrin entließ sie, die Mutter prügelte sie und schmiß sie schließlich hinaus. Das war schon vor Wochen geschehen, und seither trieb sich Maria auf der Straße herum, lebte von den paar Kronen, die ihr hie und da ein alter Lüstling schenkte, und schlief in Gärten und dunklen Mauerecken, wenn nicht eben ein Herr, der ein eigenes Zimmer hatte, sie mit sich nahm. Neuerdings geschah dies aber selten, weil die Herren immer Angst hatten, es könnte schon so weit mit ihr sein. Und so lebte das Mädchen, das eben siebzehn geworden war, in den Tag hinein, bereit, entweder ins Wasser zu gehen oder sich, wenn die Stunde gekommen wäre, von der Polizei auf der Straße auflesen zu lassen.

Kolo aber saß jetzt neben ihr, hörte sie ruhig an, achtete nicht des Grinsens der schmierigen, alten Kellnerin und streichelte die blonden, unsauberen Haare, die eingefallenen schmalen Wangen und sagte zärtlich:

»Maria, armes kleines Schwesterchen, du sollst keinen Kummer mehr haben!«

Kolo führte Maria, die, während sie sich an ihn schmiegte, halb schlief, zu Dr. Löwenwald, dessen Fenster noch erleuchtet waren. Rasch verständigte er den Freund mit trockenen, fast groben Worten, dann zogen beide ihr die zerrissenen Schuhe von den Füßen, die mit Strumpffetzen umkleidet waren, und legten Maria in Löwenwalds Bett, während dieser sich in der Kanzlei sein Lager auf dem Sofa bereitete. Als aber Maria bis zum Kinn zugedeckt war, da erwachte sie, blickte um sich, schluchzte auf und sagte unter Tränen lächelnd: »Das ist so schön wie im Kino!« Und schlief fest und tief wieder ein.

Isbaregg zog aus den Brust-, Hosen- und Westentaschen die gewonnenen Banknoten heraus, schichtete sie auf ein Häufchen und schob sie dem Rechtsanwalt zu:

»Ludwig, erweise mir den Freundschaftsdienst und sorge für das arme Mädchen. Bring es bei ordentlichen Leuten unter, und laß dich, wenn das Kind zur Welt gekommen ist, zum Vormund einsetzen. Das Geld genügt, um Maria die Zukunft zu sichern, ihr späterhin ein Geschäft einzurichten und sie die Vergangenheit vergessen zu lassen. Ich könnte das ja selbst tun, Zeit genug hab ich ja leider dazu, aber ich will das Kind nicht mit Dankbarkeit für mich belasten. Und vor allem will ich nicht, daß sie später einmal doch den Mann in mir erkennen würde, was doch eines Tages eintreten müßte.«

Ludwig Löwenwald zählte die Tausendkronenscheine und sagte kopfschüttelnd:

»Du, das ist ja ein großes Vermögen!« Er legte dem Freund die Hand auf die Schulter, sah ihm voll ins Gesicht.

»Kolo, aus dir kann ich nicht klug werden! Manchmal bin ich geneigt, dich für ein reißendes Raubtier zu halten, dann wieder für –«

»Einen Engel«, äffte Kolo nach. »Na, mein Junge, ich bin weder das eine noch das andere! Ich bin nur aktiver als andere Menschen. Mir fehlt jene Passivität und Bequemlichkeit, die den guten Bürger immer als anständigen Menschen leben läßt. Wenn es mir zweckvoll erscheint, so bin ich imstande, ein Verbrechen zu begehen oder aber auch eine sogenannte anständige Handlungsweise. Die Passiven können sich weder zu dem einen noch zu dem anderen entschließen und kommen daher gewöhnlich weder mit sich noch mit den herrschenden Anschauungen in Konflikt. Aber lassen wir jetzt das Philosophieren – es nützt ja auch alles nichts. Jeder ist, wie er ist, und wahrscheinlich ist jeder am besten so, wie er ist. Natürlich, kleine, dumme Mädchen, wie die Maria nebenan, sind ausgenommen, denen muß man schon hie und da einen Schubs geben oder aufhelfen. Und nun, gute Nacht, mein Junge, besuch mich morgen abend, wir speisen dann zusammen, und du erzählst mir, wohin du Maria gebracht hast. Am besten, du überläßt das alles deiner Wirtschafterin, die ja eine tüchtige Person ist und sich sehr geschmeichelt fühlen wird.«

Es war zwei Uhr morgens, als Kolo wieder die Straße betrat und nun mit raschen Schritten seiner Wohnung zustrebte.

Unweit des Hauses, an der Löwelbastei, blieb er überrascht stehen. Was hatte das zu bedeuten? Alle Zimmer im zweiten Stockwerk waren hell erleuchtet. Hatte der Diener vergessen, die Lichter abzulöschen? Aber nein, er sah deutlich die Schatten von Menschen, die auf und ab gingen. Ein seltsam banges Gefühl beschlich Kolo, und er blieb wie angewurzelt stehen. Dann gab er sich einen Ruck und ging weiter. Unsinn! Ein paar Freunde mochten sich den Scherz gemacht haben, ihn noch aufzusuchen und eine Art »Surpriseparty« bei ihm zu arrangieren, oder sein Diener konnte nicht schlafen und wollte Ordnung machen oder –

Kolo war vor dem Haustor angelangt und sah plötzlich vor und neben sich Gestalten auftauchen und fühlte sich von links und rechts am Arm ergriffen und hörte wie im Traum eine Stimme ihm ins Ohr flüstern:

»Herr Koloman Isbaregg, wir sind beauftragt, Sie zu verhaften. Vermeiden wir jedes Aufsehen, und gehen Sie ruhig mit uns, der Herr Polizeipräsident wartet auf Sie!«

Koloman Isbaregg atmete tief auf, eine seltsame Ruhe kam über ihn, und er sagte mit sanfter Stimme:

»Das Aufsehen läßt sich am besten vermeiden, wenn Sie mich loslassen! Ich habe keine Waffe bei mir und denke nicht an Flucht. Ich weiß, daß ich verspielt habe, und bin bereit, die Spielschuld zu begleichen!«

IX. Kapitel

Das Aufsehen, das die Verhaftung des angesehenen Millionärs im Zusammenhang mit den Enthüllungen der »Wiener Morgenpost« machte, war so ungeheuer und überragend, daß tagelang alle politischen Ereignisse in den Hintergrund traten, die neuen Riesenstreiks, die bolschewistischen Erhebungen da und dort, die revolutionären Vorgänge in den Ländern Westeuropas an Interesse verloren. Die Bevölkerung verschlang die Zeitungsberichte, die von den zwei Morden des Kavaliers erzählten, die »Morgenpost« mußte ihre Auflage verdoppeln, und neben Isbaregg war der Reporter James Finkelstein der Held des Tages. Finkelstein war tatsächlich ein gemachter Mann geworden; der Verleger der »Morgenpost« mußte ihm das Einkommen verdreifachen, um ihn der Konkurrenz gegenüber zu halten, er wurde eingeladen, Vorträge zu halten, im Nu hatte er den Beinamen »Sherlock Holmes von Wien« bekommen, und der Polizeipräsident veröffentlichte eine Danksagung an den »genialen, pflichttreuen und erfolgreichen Journalisten«. Frau Selma aber schwelgte in Wonne, und es kränkte sie nur, daß sie nicht öffentlich den Ruhm Finkelsteins teilen durfte. Dafür beschloß sie, ihren James durch die Rosenfesseln der Ehe für immer an sich zu binden, und der Arme wagte nicht zu widersprechen.

Kolo machte der Polizei und dann dem Untersuchungsrichter die Aufgabe sehr leicht. Er leugnete nichts ab, gab unumwunden alles zu, benahm sich gefaßt und ruhig, nicht wie ein Bereuender, sondern wie einer, der sich eben mit unabwendbaren Tatsachen abzufinden weiß. Nur einmal verließ ihn seine eisige Ruhe, war er nahe daran, zusammenzubrechen. Das war, als er durch den Untersuchungsrichter erfuhr, daß es eigentlich Helga Esbersen sei, die ihn der

Gerechtigkeit überliefert habe. Da fuhr Kolo jäh in die Höhe und schrie auf wie ein zum Tode Verwundeter. Und von nun an gab er noch kürzere Antworten, wurde er ganz verschlossen, trieb den Untersuchungsrichter noch mehr zum schleunigen Abschluß des Verfahrens an.

Selbstverständlich hatte Dr. Löwenwald die Verteidigung des Freundes übernommen. Schon am Tage nach der Verhaftung war Löwenwald zu ihm geeilt, um stundenlang in seiner Zelle zu verweilen. Viel zu sagen hatten sie sich nicht. Löwenwald hatte ihm die Hand entgegengestreckt und ausgerufen:

»Kolo, es bedarf wohl nicht vieler Worte zwischen uns, und du weißt selbst, daß du mir heute genauso lieb und teuer bist, wie du es gestern warst!« Und Kolo hatte eingeschlagen und dann ruhig, als würde das nicht ihn, sondern eine dritte Person angehen, alles erzählt. Von jenem Tag angefangen, da er vor dem Delikatessengeschäft auf dem Graben hungernd und obdachlos gestanden hatte, bis zur jetzigen Stunde.

An einem schwülen Augusttag kam der Fall Isbaregg vor die Wiener Geschwornen. Dumpfe Unruhe lag über der ganzen Stadt. Andauernde Arbeitslosigkeit, Hungersnot, die Gewißheit einer vollständigen Mißernte, das Versagen der von Amerika versprochenen Hilfsaktionen, politische Unzufriedenheit, Verzweiflung und Erbitterung hatten zu neuen Gärungen geführt, man munkelte von umstürzlerischen Bewegungen, von geheimen Konventikeln, von roten Arbeiterbataillonen, die mit Handgranaten ausgerüstet seien, und die ganze Stadt harrte in fieberhafter Spannung gewaltsamer Geschehnisse. Das alles konnte aber das Interesse an dem Prozeß nicht vermindern, der Andrang zum Landesgericht war ungeheuer, und Hunderte von Menschen umlagerten das Gebäude, während der Zutritt in den Saal nur gegen Karten gestattet war.

Die ganze ehemalige Hocharistokratie füllte die Plätze, die Erdödys, die Schwarzensterns und Dunkelsteins waren vollzählig versammelt, während die Verwandten der ermordeten Frau Isbaregg zum großen Teil unter den vorgeladenen Zeugen sich befanden. Und alle Blicke wandten sich immer wieder dem Angeklagten zu, der, wie aus Erz gegossen, aufrecht, starr, in eiserner Ruhe mit verschränkten Armen neben dem Justizsoldaten auf der Anklagebank saß.

Die Geschwornen waren ausgelost, der Protokollführer hatte die umfangreiche, vernichtende Anklageschrift verlesen, und der Präsident des Gerichtshofes stellte an Koloman Isbaregg die Frage, ob er eine zusammenhängende Erwiderung abgeben oder aber auf die gestellten Fragen antworten wolle.

Kolomann Isbaregg erhob sich, seine Augen schweiften mit leiser Ironie über die schwitzenden, aufgeregten Menschen vor ihm, und er sagte laut, scharf und betont:

»Ich erkläre, daß die Anklageschrift in allen wesentlichen Punkten vollständig der Wahrheit entspricht. Ich habe jener Dame, die aus begreiflicher Rücksicht nicht genannt wird, die Geldtasche gestohlen, ich habe dadurch die Mittel erlangt, in die Pension Metropolis zu ziehen, ich habe mit Vorsatz und in gewinnsüchtiger Absicht den Alois Geiger genauso erwürgt, wie es erzählt wird, ich habe meine Ehegattin Dagmar mit Morphium vergiftet, um sie zu beerben und in den Alleinbesitz ihres großen Vermögens zu gelangen. Ich leugne nichts, gestehe alles ein und bitte die notwendigen Fragen zu stellen, die ich gerne beantworten werde.«

Ein Murmeln und Raunen ging durch den Saal, und man fühlte, daß dieser kühne Verbrecher Sympathien gewann, Bewunderung erregte.

Die Zeugenvernehmungen gingen rasch vor sich. Die Besitzerin der Pension Metropolis, mehrere Mitbewohner, der Schuster, seine Tochter, die ehemalige Gräfin Rasumoffsky, verschiedene andere Verwandte, der Baron Kutschera – sie alle sagten ihr Sprüchlein auf, und weder Kolo noch sein Verteidiger traten ihnen entgegen. Wie sich überhaupt Dr. Löwenwald vollständig passiv verhielt und kaum in die Verhandlung eingriff. Als Helga Esbersen als Zeugin aufgerufen wurde, ging eine lebhafte Bewegung durch den Saal, und alles blickte nach der Türe. Aber Helga kam nicht, und der Gerichtsdiener konstatierte, daß die Zeugin der Vorladung keine Folge geleistet habe. Dr. Löwenwald äußerte seine Verwunderung darüber und teilte mit, daß Fräulein Esbersen unmittelbar vor der Verhandlung bei ihm gewesen sei. Sie habe einen sehr aufgeregten Eindruck gemacht und gesagt, sie werde zur Verhandlung kommen, wolle aber vorher noch ihr Wiener Bankdepot beheben. Der Gerichtshof beschloß, auf ihre Einvernahme zu verzichten, was um so unbedenklicher sei, als der nun an die Reihe kommende Hauptzeuge James Finkelstein alles das aussagen könne, was Fräulein Esbersen zu bekunden hätte.

Unter allgemeiner Spannung betrat nun der Reporter den Zeugenstand und erzählte aufgeregt und lebhaft gestikulierend von seiner Jagd nach Kolo Isbaregg. Nachdem er seine lange Erzählung beendet hatte, ging ein lebhaftes Beifallsgemurmel durch den Saal, das aber plötzlich von einem schallenden Gelächter abgeschnitten wurde. Man hatte nämlich gehört, wie Kolo Isbaregg sich mit einem leisen melancholischen Lächeln auf den Lippen nach seinem Verteidiger umwandte und halblaut sagte: »Bestimmung! Der eine stirbt an Cholera, der andere an Finkelstein!«

Die fast heitere Stimmung, die die zynische Bemerkung Isbareggs hervorgerufen hatte, verflog, als der Präsident die Mittagspause ankündigte, nach der dann der Staatsanwalt und der Verteidiger ihre Plädoyers halten würden. Denn kaum wurden die Saaltüren geöffnet, als sich auch schon wilde Gerüchte über Straßenkämpfe verbreiteten. Es hieß, daß Arbeitslose unter der Führung von Anarchisten das Parlament und die Polizeidirektion gestürmt hätten, zwischen Polizei und bewaffneten Banden heftige Kämpfe in Entwicklung und vom Arsenal her bewaffnete Proletariergruppen mit Maschinengewehren im Anzug seien. Eine furchtbare Aufregung bemächtigte sich der Leute im Saal, die sich ersichtlich auch den Geschwornen mitteilte, und als aus der Ferne das Knattern von Gewehrsalven ertönte, fiel eine Dame in Ohnmacht, und es entstand eine Panik. Nach wenigen Minuten schon erschien der Gerichtshof wieder im Schwurgerichtssaal, und der Präsident, der einen verstörten und fast geistesabwesenden Eindruck machte, erteilte dem Staatsanwalt das Wort.

Unter allgemeiner Unruhe, der der Präsident nicht entgegentrat, wetterte der Staatsanwalt gegen den Angeklagten los. Er nannte Koloman Isbaregg den scheußlichsten Verbrecher des Jahrhunderts, beleuchtete ihn als feigen, heimtückischen Gesellen, der seine Opfer im Schlaf überfalle, kein Mitleid kenne, nie im Affekt, nie in Not und Bedrängnis gemordet habe, sondern immer mit kalter Überlegung und aus den niedrigsten, selbstsüchtigsten Instinkten. Er sprach schließlich sein Bedauern darüber aus, daß die Gesetze dieses Staates die Todesstrafe nicht mehr kennen, ja nicht einmal die lebenslängliche Haft, so daß Isbaregg dereinst nach zwanzig Jahren wieder wie eine reißende Bestie über unschuldige, wehrlose Menschen würde herfallen können.

Als er geendet hatte und sich der Verteidiger Dr. Ludwig Löwenwald erhob, erdröhnten wieder aus der Ferne her Schüsse, und gleichzeitig drang dumpfes Brüllen aus nächster Nähe in den Saal. Erschreckt fuhren die Damen und Herren von ihren Sitzen auf, und nur schwer konnte der Präsident die Ruhe herstellen. Das Brüllen erklang aber immer wieder, und die Worte »Hunger! Hunger! Hunger!« grollten dumpf herein. Man wußte, daß sich die Unruhe der Straße nunmehr auch den Sträflingen des Landesgerichtes mitgeteilt hatte, die, wie seit Monaten und Jahren schon, durch den gemeinsamen Ruf »Hunger!« gegen ihre Haft protestierten.

X. Kapitel

Löwenwald begann mit zitternder Stimme, die aber immer fester und eindringlicher wurde. »Meine Herren Geschwornen«, sagte er, »wenn ich längere Zeit mit Ihnen sprechen würde, so würde ich mich in schärfsten Widerspruch zu meinem Klienten setzen, der mich beauftragt hat, überhaupt auf das Wort zu verzichten. Tatsächlich wird das, was ich Ihnen zu sagen habe, an dem Schicksal des Angeklagten nicht das Mindeste ändern, Sie werden ihn, der zwei Morde begangen und eingestanden hat, einstimmig schuldig sprechen, und der Gerichtshof wird ihn zur schärfsten Strafe, das ist zwanzig Jahre Gefängnis, verurteilen. Und trotzdem kann ich nicht anders, ich muß Sie mit dem wahren Wesen des Angeklagten vertraut machen, damit Sie kein falsches Bild von Koloman Isbaregg in Ihrem weiteren Leben mit sich herumtragen, kein falsches, verzerrtes Bild, wie es Ihnen der Herr Staatsanwalt entworfen hat. Isbaregg ist keine reißende Bestie, er ist kein geborener Verbrecher, kein feiger, heimtückischer Berufsmörder, wie der Staatsanwalt sagt, sondern ein wunderbar fein empfindender Mann mit gütigem Herzen, ritterlich, mutig und großzügig. Ihn unterscheidet von den meisten anderen Menschen eine Fülle wertvoller Eigenschaften, aber auch ein starker Mangel an Hemmungen. An jenen Hemmungen, meine Herren Geschwornen, die es bewirken, daß Sie und ich und der Herr Staatsanwalt und die meisten anderen Menschen nicht Morde begehen. Wir alle sind ja Verbrecher in Gedanken, wir alle wären bereit, durch einen Griff in eine fremde Kassa einer momentanen Notlage zu entrinnen, wir alle kennen Menschen, denen wir unbedenklich den Tod wünschen, wir alle waren schon in Lagen, in denen wir ohne Reue und ohne Bedenken einen Menschen getötet hätten, wenn eben nicht diese Hemmungen in uns überstark wären.

Nun, diese Hemmungen hatte einst auch Koloman Isbaregg gehabt, aber in dem vierjährigen Weltkrieg sind sie ihm abhanden gekommen. Sie kennen die seltsame Lebensgeschichte dieses Mannes, Sie wissen, wie er aus glänzenden Verhältnissen heraus unter unerhörten Gefahren nach der Heimat geeilt ist, die er bedrängt wußte und verteidigen wollte, Sie haben gehört, daß er als Offizier Wunder an Tapferkeit verrichtet hat und jederzeit bereit war, sein Leben hinzugeben. Nun, meine Herren Geschwornen, ein Mann, der so gewöhnt ist, das eigene Leben zu verachten, denkt anders als wir, auch über den Wert des Lebens überhaupt, und damit ist schon in die feste Mauer der Hemmungen eine erhebliche Bresche gelegt.

Der Krieg war aus, und Kolo Isbaregg, dessen Brust die höchsten Auszeichnungen schmückten, erhielt nun von dem Staat und dem Volk, für das er sein Leben, seine Karriere, seine aussichtsreiche Zukunft eingesetzt, den Lohn, das heißt, er mußte sich die Sterne vom Offizierskragen reißen, man nahm ihm den Adel, überließ ihn dem Elend und der Obdachlosigkeit! Und Isbaregg stand eines Tages bleich und gequält vom Hunger auf der Straße, er sah vor sich einen Abgrund, über den für ihn kein Steg führte, während neben ihm auf goldenen Brücken die Schieber und Kriegsgewinnler tänzelten, denen der vierjährige Blutrausch so gut angeschlagen hatte.

Damals mögen die letzten Hemmungen gefallen sein, damals mag sich der energische, zielbewußte, intellektuell den meisten anderen Menschen weit überlegene Koloman Isbaregg gesagt haben, daß er seinen Krieg auf eigene Faust führen müsse, den Krieg gegen alles, was ihm hinderlich im Wege stand. Die erste Folge dieses Abstreifens aller Hemmungen war der Griff in die Tasche eines obszönen Frauenzimmers, dem die paar Tausender, mit denen es sich gerne eine stürmische Nacht erkauft hätte, nichts bedeuteten, während sie für Kolo Isbaregg eine Wiederaufrichtung, der Beginn eines neuen Lebens sein konnten.

Von da an arbeitete Koloman Isbaregg systematisch an dem Aufbau des eigenen Glückes oder wenigstens dessen, was er irrtümlicherweise für das Glück hielt. Sein erstes Opfer wurde dieser Herr Alois Geiger, ein Kriegsgewinnler, Steuerhinterzieher, Wucherer und Menschenschinder der ärgsten Sorte, dessen Leben eine ununterbrochene Schädigung der menschlichen Gesellschaft bedeutete, während sein Tod eine Wohltat nicht nur für den, der ihn hinrichtete, sondern auch für die armen, darbenden Verwandten Geigers war. Dieser Fall braucht Sie, meine Herren Geschwornen, wahrhaftig nicht aufzuregen, auch wenn Sie nicht bedenken wollen, daß ein Krieg hinter uns liegt, in dem tagtäglich Tausende von jungen und vielleicht wertvollen Menschen abscheulichen Lügen und Phrasen zuliebe ihr Leben lassen mußten.«

Dr. Löwenwald kam nun, während jetzt Totenstille im Saal herrschte, auf Dagmar Isbaregg zu sprechen und sagte mit gedämpfter Stimme:

»Dies ist eine Geschichte, die schwer zu erklären ist, weil sie mit tausend tief im Unterbewußtsein des Menschen verankerten Dingen zusammenhängt. Frau Dagmar war kein Reptil wie Alois Geiger, sondern ein wertvoller Mensch, eine sympathische Frau, die man achten und schätzen mußte. Aber auch eine kranke Frau, eine Frau mit kranken Instinkten, ein unglückliches Weib, das Widerwillen verbreitete, wo es Liebe empfangen wollte, ein Mensch mit innerlichen Gebresten und unnatürlichen Empfindungen, die in gesunden Menschen Haß erregen und sexuelle Abwehr.«

Hier wendete sich Kolo Isbaregg, der bis dahin wortlos, ohne mit der Wimper zu zucken, dagesessen hatte, jäh um und hob protestierend die Hand.

Löwenwald schwieg einen Augenblick und fuhr dann fort: »Mein Klient will nicht, daß ich diese Dinge berühre, und er hat wohl auch recht damit. Denn das sind Imponderabilien, die die wenigsten verstehen und begreifen, und es liegt mir ferne, das Andenken an die tiefunglückliche Frau beflecken und der schmutzigen Phantasie Verständnisloser ausliefern zu wollen. Es sei also nur gesagt. daß Koloman Isbaregg ein Verbrechen damals begangen hatte, als er Frau Dagmar ihres Reichtums halber heiratete. Daß er sie getötet hat, war nur eine logische, unausbleibliche Folge des ersten verbrecherischen Schrittes, den der erste mit Widerwillen gegebene und empfangene Kuß bedeutete. Aber, meine Herren Geschwornen, auf die Gefahr hin, Ihr Befremden und sogar Ihre Empörung zu erregen, will ich da noch etwas sagen. Es ist in einer Zeit, da alle Begriffe auf den Kopf gestellt sind, da das gut ist, was gestern schlecht war, da morgen Verbrechen sein wird, was heute erlaubt ist, gar nicht so bedeutungsvoll und wichtig, was Kolo Isbaregg getan hat. Wie überhaupt nicht das wichtig ist, was man tut, sondern das, was man nicht tut. Meine Herren, zwei Stunden vor seiner Verhaftung ging Koloman Isbaregg auf der Ringstraße an einer Bank vorbei, auf der ein junges Weib schlief. Ein Kind noch, ein verlassenes, hungerndes, vom Leben zertrampeltes Kind, dessen Leib man hätte gesegnet nennen dürfen, wenn der Segen in diesem Falle nicht ein Fluch gewesen wäre. Und Koloman Isbaregg ging an dem Kinde nicht vorbei, überließ die Frierende, die fast nichts besaß, die Blößen zu bedecken, nicht ihrem Schicksal, sondern nahm sich gütig und zärtlich ihrer an, brachte sie zu mir, übergab sie meiner Obsorge. Er hat damit das Leben dieses Mädchens und das Leben des Kindes, das es unter dem Herzen trug, gerettet. Vor ihm waren aber viele von satten, behaglichen Menschen an der Verlassenen, Verzweifelten vorbeigegangen, und keiner hatte sich um sie gekümmert. Und ich sage, daß jeder einzelne von denen, die vorübergingen, ein Mörder war! Ein Mörder aus Bequemlichkeit, aus Faulheit, aus Gewissenlosigkeit! Und ich sage nochmals, daß das Wichtige nicht das ist, was der Mensch in seiner Not und Pein tut, sondern das, was er nicht tut. Kolo Isbaregg hat manches getan, was er nicht durfte, fast nie aber hat er nichts getan, wenn er hätte handeln müssen. Er ist an dem uniformierten bleichen Kolporteur, der mit leiser Stimme schamhaft die Zeitungen ausrief, nicht vorübergegangen, wie die anderen, die mit einem Zwanzighellerstück ihr Gewissen beschwichtigen, sondern er hat den Armen als Kamerad angesprochen und ihm eine neue Existenz gegründet. Kolo Isbaregg hat Hunderten von Menschen geholfen, in deren Gedächtnis er nicht als Mörder, sondern als edler Mensch weiterleben wird. Kolo Isbaregg ist ein Opfer seiner Zeit, wie wir es mehr oder weniger alle sind, er ist aus seinem Geleise herausgeworfen worden, das Schicksal hat ihm die Möglichkeit genommen, sich so zu entwickeln, wie es ihm vorausbestimmt war, und dieser Mensch voll Tatkraft, Energie und Lebensfreude, dieser Mensch, der vier Jahre namens einer Moral, die eines Tages als ungültig erklärt wurde, gelebt und gehandelt hatte, mußte sich schließlich von aller vorgeschriebenen Moral loslösen, sich seine eigenen Gesetze schaffen und seinen eigenen Weg bahnen. Er hat das getan und ist dabei in ein Gehege von Stacheldraht gekommen, aus dem es keinen Weg in die Freiheit mehr gibt. Es sei denn, daß über Nacht auch die Moral von heute niedergestampft werden wird und dieselben Menschen, die gestern alles Vorgestrige demoliert haben, morgen das heute Bestehende niederreißen werden. Und nun, meine Herren Geschwornen, habe ich nichts mehr zu sagen und erwarte Ihren Urteilsspruch.«

XI. Kapitel

Unter steigender Unruhe hatte Löwenwald die letzten Worte gesprochen. Die Schüsse, die man früher von ferne gehört, waren näher gekommen, wüste Schreie, grelle Pfiffe, Pferdegetrampel hörte man bis in den Saal herein, und die Hungerrufe der Häftlinge waren einem heulenden Kreischen und Toben gewichen. Die Richter, die Geschwornen, das Publikum, sogar die Justizsoldaten waren so voll Unruhe, daß sie kaum noch hörten, was der Verteidiger sprach, und einer sah den anderen an, als wollte er fragen: »Wann geht es los, wann werden wir uns hier verstecken müssen?«

Gerade wollte nun der Staatsanwalt mit einer hohnvollen Entgegnung beginnen, als die Tür aufflog und ein alter Gerichtsdiener mit allen Zeichen maßlosen Entsetzens rief: »Herr Präsident, sie stürmen das Landesgericht!« Gleich darauf ertönten in unmittelbarer Nähe scharfe Schüsse, man hörte das Krachen zerschmetterter Tore, und im Nu entstand das Chaos. Durch die Korridore wälzten sich die befreiten Häftlinge, herein stürmte der entfesselte Mob der Straße, wilde Schreie wurden laut, man sah Männer mit hochgeschwungenen Messern und Pistolen, der Präsident, die Beisitzenden, der Staatsanwalt, die Geschwornen, die vornehmen Herren und Damen – alles drängte schreiend zur Tür, und Hilferufe verschlangen alles andere.

Plötzlich standen Kolo Isbaregg und Löwenwald allein im Saal einander gegenüber – nur eine Sekunde lang, dann drängten auch sie zur Tür und verschwanden im Chaos.

Bis in die sinkende Nacht dauerten die Straßenkämpfe und die Kämpfe um die Regierungspaläste und um die Macht. Dann trat wieder Ruhe ein, die alte Regierung machte einer neuen, radikaleren Platz, und die Zeitungen berichteten in Extraausgaben von den furchtbaren Ereignissen, von den Toten und Verwundeten, die zu vielen Hunderten die Spitäler und Leichenhäuser füllten. Sie berichteten aber auch über die Befreiung der Sträflinge des Landesgerichtes und über die seltsame Beendigung, die die Verhandlung gegen den zweifachen Mörder Koloman Isbaregg gefunden hatte. Und wieder war es die »Wiener Morgenpost«, die allerlei interessante, sensationelle Einzelheiten aus der Feder ihres Reporters Finkelstein allein bringen konnte. Danach hatte die Befreiung der Sträflinge und die Erstürmung des Landesgerichtsgebäudes ein Weib inszeniert, das mit flammenden Worten die Menschenmassen vor dem Parlament arrangiert und aufgefordert hatte, das Landesgericht, dieses Sinnbild des kapitalistischen Unrechtes, zu erobern. Dieses Weib war dann an der Spitze von Tausenden gegen das Gerichtsgebäude gezogen, und ihren anfeuernden, aufhetzenden Rufen war es zuzuschreiben, daß die Wache kurzerhand niedergemacht und das Gebäude gestürmt wurde. Dieses Weib sei aber niemand anderes als die dänische Schriftstellerin Helga Esbersen gewesen, die nach Wien zur

Verhandlung geladen war. Und Finkelstein wollte genau beobachtet haben, wie sich die beiden, Kolo Isbaregg und Helga Esbersen, unter dem brennenden Hauptportal zwischen Toten und Verwundeten begegnet seien und Hand in Hand im Gewühl der Menschen verschwanden.

Von ihm und von ihr hatte man niemals wieder gehört.

Nachwort

Würde man heute Menschen auf der Straße nach Hugo Bettauer fragen, hätten viele wohl keine Ahnung, von wem die Rede ist. Manche könnten vielleicht das verfilmte und in den letzten Jahren immer wieder aufgegriffene Theaterstück »Die Stadt ohne Juden« (1922) mit ihm in Verbindung bringen, den meisten wäre der Name Bettauer jedoch mit ziemlicher Sicherheit kein Begriff. Dabei war Hugo Bettauer im Wien der 1920er Jahre eine der bekanntesten und umstrittensten Personen des öffentlichen Lebens. Von zahlreichen Menschen wurde er für sein soziales Engagement, seine Bemühungen um einen aufgeklärten Umgang mit Sexualität und nicht zuletzt für seine weit verbreiteten Bücher bewundert und verehrt. Von anderen wurde er genau aus denselben Gründen massiv angefeindet und bedroht. Am 10. März 1925 fiel er dieser Hetze, die meist mit antisemitischen Vorstellungen verbunden war, zum Opfer.

An diesem Tag betritt der 20-jährige Zahntechnikergehilfe und Nationalsozialist Otto Rothstock das Redaktionsgebäude von »Bettauers Wochenschrift« und bittet eine Angestellte um einen Termin mit dem Herausgeber. Da die Redaktion der Zeitschrift als Anlaufstelle für Hilfesuchende in persönlichen und sozialen Notlagen bekannt ist, sind die MitarbeiterInnen solche überraschenden Besuche gewohnt. Da Bettauer jedoch unterwegs ist, verlässt Rothstock das Redaktionsgebäude vorerst, kehrt einige Stunden später wieder zurück und wartet vor dem Haus auf den bekannten Autor und Verleger. Gegen 15 Uhr fährt ein Taxi vor, aus dem ein älterer Herr steigt, den Rothstock nach dem Blick auf ein Postkartenfoto als Hugo Bettauer identifiziert. Er folgt Bettauer ins Haus und stellt sich ihm als Bote vor, der ihm einen Brief zu übergeben hätte. Nachdem er das Büro betreten hat schließt Rothstock unbemerkt die Zimmertür ab. Während Bettauer beginnt, den Brief zu lesen, nähert sich Rothstock dem Autor und Verleger auf zwei Schritte und feuert mit den Worten »So, da hast du!« einen Schuss auf Bettauer ab. Dieser blickt auf, sieht den Revolver in Rothstocks Hand, schreit um Hilfe und versucht, sich mit der Schreibtischlampe zur Wehr zu setzen. Daraufhin schießt Otto Rothstock viermal auf Bettauer und trifft ihn in die Brust, im Bauch und an den Unterarmen. Der schwer verletzte Hugo Bettauer wird ins Krankenhaus gebracht, dort erliegt er seinen Verletzungen am 26. März.

Maximilian Hugo Bettauer wird am 18. August 1872 als jüngstes dreier Kinder geboren und wächst in einem jüdisch-bürgerlichen Elternhaus auf. Sein Vater Arnold Bettauer stirbt bereits ein Jahr nach der Geburt seines Sohnes, vermutlich an Lungentuberkulose. Hugo Bettauer besucht das Kaiser-Franz-Joseph-Gymnasium in der Stubenbastei, wo er ein Mitschüler seines späteren scharfen Kritikers Karl Kraus ist. Im Alter von 16 Jahren entflieht er seinem Elternhaus und schlägt sich bis Alexandria durch, wird dort jedoch aufgegriffen und zurück nach Wien gebracht. Im selben Jahr konvertiert Bettauer vom jüdischen zum evangelischen Glauben, weil er sich so bessere Chancen auf eine Karriere bei der Armee ausrechnet. Er meldet sich freiwillig, bricht seinen Dienst wegen des harten Drills und einem Streit mit seinen Vorgesetzten jedoch nach fünf Monaten ab.

Danach beginnt er ein Studium der Philosophie in Zürich, heiratet seine Jugendliebe Olga Steiner aus Wien-Leopoldstadt und wandert mit ihr nach Amerika aus. Auf der Überfahrt vertraut er einem Bankier das von seinem Vater geerbte beträchtliche Vermögen an, der das Geld jedoch binnen kürzester Zeit verspekuliert. In den USA lebt sich das junge Ehepaar auseinander – die Ehe wird schon nach wenigen Jahren geschieden. 1899 kehrt Bettauer zurück nach Europa und zieht nach Berlin, da er in den USA keine Arbeit finden kann. In Berlin erregt Bettauer als Journalist öffentliches Aufsehen durch seine die Korruption und Protektionswirtschaft anprangernden Artikel, die ihm zahlreiche gerichtliche Verurteilungen einbringen und 1901 letztlich zur Ausweisung aus dem Königreich Preußen führen. Nach einem kurzen Aufenthalt in München wird er in Hamburg Leiter eines gastronomischen Fachblattes und lernt seine spätere zweite Frau, die damals 16-jährige Helene Müller kennen. 1904 wird Bettauer aus Hamburg ausgewiesen und verlässt Europa neuerlich nach New York. Am Schiff findet die Hochzeit mit Helene Müller statt. In New York arbeitet er als Journalist bei der New Yorker »Deutschen Zeitung« und schreibt für eine Zeitschrift Fortsetzungsromane, die sich speziell an deutsche EinwanderInnen richten.

1910 kehrt Hugo Bettauer mit seiner Frau nach Wien zurück und schreibt dort für verschiedene Zeitungen, unter anderem für die »Neue Freie Presse« (aus der er 1918 wegen eines Streites um eine kaputte Schreibmaschine ausscheidet). Außerdem fungiert er als Europa-Korrespondent des englischsprachigen »New York American« und der »New Yorker Staatszeitung«. 1914 möchte es sich erneut zur Armee melden, was ihm mit Hinweis auf seine amerikanische Staatsbürgerschaft verwehrt wird. Nach dem Krieg nutzt Bettauer seine Verbindungen in die USA um amerikanische Unterstützung für die notleidende Wiener Bevölkerung zu organisieren. Die Arbeit im sozialen Bereich, die Unterstützung von Menschen, die in Not geraten sind, führt er bis zu seinem Lebensende engagiert weiter. Die triste soziale

Lage, der zunehmende Antisemitismus der konservativen und deutschnationalen Rechten und sein soziales Engagement bringen Bettauer in die Nähe der Sozialdemokratie, deren Mitglied er jedoch zu keiner Zeit ist.

Nach dem Ersten Weltkrieg avanciert Hugo Bettauer zu einem bekannten Schriftsteller und Verleger. In den Jahren 1920–1924 schreibt er bis zu fünf Romane pro Jahr. Insgesamt verfasst Bettauer 20 Romane und feiert vor allem mit seinen spannenden und dramatischen Kriminalgeschichten große Erfolge. Einer dieser Kriminalromane – laut Bettauers Verlag einer der beliebtesten – war der 1920 erschienene Text »Hemmungslos«. Dabei ist »Hemmungslos« in mancher Hinsicht gar kein »klassischer« Kriminalroman.

Im Zentrum der Geschichte steht kein Held, der Schritt für Schritt ein Verbrechen aufklärt und zum Schluss den Täter unschädlich macht. Die zentrale Figur ist vielmehr ein aus dem Krieg heimgekehrten Offizier, der alles verloren hat – eine Figur, die wie ein Symbol für die Zwischenkriegszeit in Wien steht. Koloman Isbaregg, ehemals Angehöriger des niederen Adels, als Unternehmer zu bescheidenem Reichtum gelangt, Kriegsheld des Ersten Weltkrieges, ist tief gefallen. So tief, dass er seine moralischen Grundsätze über Bord wirft und sich holt, was er benötigt, um zu überleben – und um am dekadenten Partyleben der High Society teilhaben zu können. Am Ende des Texts beschreibt ihn sein Anwalt als »Opfer seiner Zeit, wie wir es mehr oder weniger alle sind, er ist aus seinem Geleise herausgeworfen worden, das Schicksal hat ihm die Möglichkeit genommen, sich so zu entwickeln, wie es ihm vorbestimmt war, und dieser Mensch voll Tatkraft, Energie und Lebensfreude, dieser Mensch, der viel Jahre namens einer Moral, die eines Tages als ungültig erklärt wurde, gelebt und gehandelt hatte, mußte sich schließlich von aller vorgeschriebenen Moral loslösen, sich seine eigenen Gesetze schaffen und seinen eigenen Weg bahnen.«

Diese Frage der Relativität von Moral ist, hinter der spannenden Unterhaltung eines Kriminalromans und den (für die Entstehungszeit recht freizügigen) erotischen Ausritten, der rote Faden, der sich durch den gesamten Text zieht: »Daß alle Moral ein vollständig labiler Begriff ist, haben die Moralpächter der ganzen Welt, die Führer, Lenker und Lehrer der Menschheit am lautesten bewiesen«, stellt Isbaregg nach seinem Taschendiebstahl fest. »Plötzlich wurde aus dem Mord eine Tugend, aus dem Diebstahl eine Selbstverständlichkeit und Brandlegung, Raub Entführung, Erpressung und Gewalttätigkeit waren ganz ihres verbrecherischen Charakters entkleidet worden und wandelten sich zu lustigen Streichen oder Beweisen von Schneidigkeit und Energie.«

Diese Worte spiegeln nicht nur die moralische Brüchigkeit einer Zeit mit sich ständig wandelnden Wertvorstellungen wider, sie wirken aus heutiger Sicht fast ein wenig prophetisch – ähnlich wie in »Die Stadt ohne Juden« (1924), in der Bettauer die Vertreibung der Juden aus Wien beschreibt. Die moralischen Umbrüche und der Bedeutungsverlust veralteter Wertvorstellungen zeigen sich auch in Bettauers offenem Umgang mit Liebe und Erotik. Die Passagen, die den zeitgenössischen LeserInnen vielleicht pikant und (dem Titel entsprechend) hemmungslos erschienen, die die Zensoren jener Zeit beschäftigten, wirken heute jedoch harm- und reizlos.

In den 1920er Jahren wurde Bettauer wegen seines Engagements für einen liberalen Umgang mit Sexualität und gegen die bürgerliche Doppelmoral immer stärker zur Zielscheibe antisemitischer Agitation. Bettauers jüdische Abstammung spielt in der Frage der (Un-)Sittlichkeit seiner Schriften eine wichtige Rolle. So beschreibt etwa die katholische Kirche jener Zeit alles, was sie als unsittlich empfand, mit dem Attribut »jüdisch« – Hugo Bettauer ist für sie der Inbegriff »jüdischer Moral«. Vor allem seit Bettauer 1924 gemeinsam mit Rudolf Olden die Zeitschrift »Er und Sie. Wochenschrift für Lebenskultur und Erotik« ins Leben ruft, wird er vermehrt zur Zielscheibe moralisierender, antisemitischer Agitation. In dieser Zeitschrift will Bettauer die »Beziehungen zwischen Mann und Weib aus einer verlogenen Pseudomoral zur sittlichen, freien Höhe emporheben« und so die »erotische Revolution« vorantreiben. Er bietet seinen LeserInnen leicht verständliche Ratschläge zu Problemen ihres Sexuallebens. Außerdem finden sich in Bettauers neuer Zeitschrift ein Fortsetzungsroman, Kontaktanzeigen und verschiedene Glossen. In diesen thematisierte Bettauer die sexuelle Unfreiheit der Frau, forderte die Straffreiheit der Abtreibung und ein Ende der Verfolgung Homosexueller. Damit trifft Bettauer einmal mehr den Nerv der Zeit: Das immer noch hochgehaltene romantisch-bürgerliche Idealbild der liebevollen Ehe und Familie ist längst überkommen - vorehelicher Sex, Ehebruch, Prostitution und illegale Abtreibungen sind im Wien der 1920er Jahre weit verbreitetet.

Bereits die dritte Ausgabe von »Er und Sie« wird von der Wiener Landespolizeidirektion an das Jugendamt und den Stadtschulrat weitergeleitet, um ein Verkaufsverbot zu erwirken. Die Wiener Polizei beschlagnahmt die verfügbaren Ausgaben der Zeitschrift, ohne eine Entscheidung der zuständigen Behörden abzuwarten. Es folgt eine langwierige, öffentliche, polemisch geführte Auseinandersetzung um die Verbreitung von »Er und Sie«: Dabei tritt der konkrete Anlassfall der Debatte rasch in den Hintergrund und der christlichsoziale Wiener Gemeinderatsabgeordnete Anton Orel spricht klar aus, worum es nun zu gehen habe: um den Kampf gegen die »jüdische Schweinerei« und die »jüdische Vergiftung« – wenn notwendig mittels »Selbsthilfe«.

Im Zentrum dieses Kampfes steht die Person Hugo Bettauers. So erscheint ab Mitte März 1924 die Zeitschrift »Der Zitterrochen«, der laut Untertitel »der Entlarvung und Brandmarkung schädlicher Zeitgenossen« gewidmet ist. Die erste Ausgabe dieser Zeitschrift heißt bezeichnender Weise die »Bettauer-Nummer«, die sich eingehend mit dem Herausgeber von »Er und Sie« beschäftigt. Auch die den Christlichsozialen nahestehende Zeitschrift »Wiener Stimmen« beteiligen sich engagiert an der Hetze gegen Bettauer und fordern die jüdischen Zeitungen auf, klar gegen den Herausgeber Stellung zu beziehen: »Die Duldung und Förderung des Kupplers Bettauer wäre ein Verbrechen, das die jüdische Gesellschaft würde bitter büßen müssen.« Auch die parteipolitische Auseinandersetzung um Bettauer trägt immer klarere antisemitische Züge. Die christlichsoziale Wochenzeitung »Volkssturm« mit dem bezeichnenden Untertitel »Gegen Judaismus, Materialismus, Kapitalismus« veröffentlicht Auszüge aus dem Sitzungsprotokoll des Wiener Gemeinderates, in dem der bereits erwähnte Anton Orel wie folgt zitiert wird: »Wenn der Bürgermeister gewusst hätte, was er zu tun hat, dann hätte er diesem Juden einen Fußtritt versetzt und ihn zur Türe hinauswerfen müssen.« Die Sitzung endet mit Zwischenrufen von Seiten der Christlichsozialen und der Deutschnationalen (»Bettauer-Bürgermeister!« »Wir lassen uns diese jüdischen Schweinereien nicht gefallen!«), Schreiduellen und einem Handgemenge zwischen den sozialdemokratischen Abgeordneten und den rechten Fraktionen. In den gegen Bettauer agitierenden Medien überhäufen sich währenddessen die Beschimpfungen: Bettauer sei »ein größerer Verbrecher als ein Raubmörder«, ein »jüdisches Schwein«, ein »geiles Untier« und eine »räudige Talmudseele«. Vor allem christlichsoziale und nationalsozialistische Blätter hetzen mit inszenierter moralischer Entrüstung und antisemitischen Stereotypen gegen Bettauer und seine Zeitschrift. Auffallend ist dabei, dass sich beide politischen Lager desselben Wortlautes bedienen.

Am 1. April 1924 veröffentlicht Bettauer eine 16-seitige Schrift unter dem Titel »Meine Verteidigung« – im Selbstverlag und auf eigene Kosten, denn keine Wiener Zeitung war bislang bereit, eine Stellungnahme Bettauers abzudrucken. Bettauer konstatiert der Wiener Gesellschaft eine tiefgehende Spaltung. Auf der einen Seite seien seine GegnerInnen, die er beim Namen nennt: vom Wiener Polizeipräsidenten Schober und den Herausgebern verschiedener Zeitungen über christliche Frauenvereine bis zu den Vertretern des Klerus, an deren Spitze Bundeskanzler Seipel steht. Nun sei Wien aber keineswegs geschlossen gegen ihn, vielmehr erhalte er tausende zustimmende Zuschriften von »machtlosen Menschen, Menschen mit Gefühl und warmen Herzen.« Bundeskanzler Seipel wolle seine moralischen Ansichten, die eines Prälaten, dem ganzen Volk auszwingen. Er freue sich auf den Geschworenenprozess, in dem er »zwölf Männern und Frauen aus dem Wiener Volke« gegenüber stehen werde, die ihn von den Vorwürfen freisprechen werden. Im Juni 1924 erstellt die Staatsanwaltschaft Wien eine 11-seitige Anklageschrift gegen Bettauer und seinen Mitherausgeber Olden, in der beide beschuldigt werden, durch verschiedene Artikel »unsittliche und durch das Gesetz verbotene Handlungen angepriesen und zu rechtfertigen« versucht hätten. Außerdem hätten die Herausgeber sich »aus der Ausnützung der im Volke schlummernden sinnlichen Triebe nur ein erträgnisreiches Einkommen schaffen« wollen.

Im September 1924 kommt es unter großem Interesse der Öffentlichkeit zum Prozess gegen Hugo Bettauer und Rudolf Olden. Bettauer meint in seinem Eingangsstatement, dass es in diesem Prozess in Wahrheit nicht um seine Zeitschrift und deren behauptete Unsittlichkeit gehe, sondern um einen reaktionären Plan mit dem Ziel, ihn mundtot zu machen. Beide Angeklagte erklären sich folglich für nicht schuldig, vor allem was den Vorwurf der »Kuppelei« betrifft: Sie hätten anstößige Annoncen nicht abgedruckt, außerdem fänden sich in zahlreichen gutbürgerlichen Zeitungen ähnliche Kontaktanzeigen. Im weiteren Verlauf des ersten Prozesstages werden die betroffenen Annoncen – unter Ausschluss der Öffentlichkeit – verlesen. Schon am nächsten Tag sind die Geschworenen aufgerufen, ihr Urteil zu verkünden: Bettauer und Olden werden in allen Anklagepunkten freigesprochen, zwei der fünf konfiszierten Ausgaben von »Er und Sie« werden wieder freigegeben. Mit einem so günstigen Ausgang konnte selbst Bettauer nicht rechnen.

Damit ist Bettauer zwar juristisch von allen Vorwürfen freigesprochen, die Auseinandersetzungen um seine Person werden dadurch jedoch verschärft. Einige liberale Zeitungen begrüßen den Ausgang des Prozesses als Beweis für das Ende des »Metternichschen Bevormundungssystems«, die zahlreichen GegnerInnen Bettauers in den Medien sind durch den Prozessausgang jedoch verbitterter als zuvor: Das Urteil wird als parteilich bezeichnet, da ein Großteil der Geschworenen sozialdemokratische SympathisantInnen gewesen seien, die katholisch-antisemitische Zeitschrift »Volkssturm« titelt »Hinweg mit der Judenschande« und hetzt gegen das »entartete Volk« im »judenrepublikanischen Wien« und der Nationalsozialist Kaspar Hellering betitelt seinen Leitartikel in der Deutschen Arbeiter Presse gar mit »Auf zur Selbsthilfe«: Es sei höchste Zeit, »daß alle noch anständigen Menschen – da die Staatsgewalt hier völlig versagt – zu rücksichtsloser Selbsthilfe greifen«, um »wieder unbeugsames deutsches Recht, deutsche Sitte, deutsche Ordnung und Sicherheit im Staate herzustellen.« Zwei Monate später, im Dezember, schreibt Hellering, dass Bettauer »längst gelyncht gehört«, im Februar 1925 er sei »auszurotten«. Einen Monat später ermordet Otto Rothstock Hugo Bettauer. Der Täter ist, genau wie Hellering, Nationalsozialist. Wegen dieser Hetzartikel gab es – im Gegensatz zu den erotischen Texten Bettauers – übrigens keine pressegerichtlichen Erhebungen. Im Oktober 1925 kommt es zum Prozess gegen Otto Rothstock. Er wird von den Geschworenen zwar des Mordes schuldig befunden, gleichzeitig wird ihm jedoch konstatiert, zum Zeitpunkt der Tat nicht zurechnungsfähig gewesen zu sein. Rothstock wird in die Heilanstalt Steinhof überstellt, die er im Mai 1927 als freier Mann verlassen kann.

»Hemmungslos« ist sicher nicht das bekannteste Werk Hugo Bettauers. Der Text besticht auch nicht durch herausragende literarische Qualität oder besonders elaborierten sprachlichen Stil. Die meisten Texte Bettauers sind in erster Linie einfache, unterhaltsame Kriminalromane, von denen er bis zu fünf im Jahr schrieb und die sich sehr gut verkauften. Die Qualität seiner Texte liegt vielmehr darin, dass Hugo Bettauer die Stimmung seiner Zeit in seinen Texten lebendig und in schillernden Farben eingefangen hat: »Geld, Moral, bürgerlicher Ehrbegriff – alles schritt mit Galoppsprüngen der völligen Entwertung entgegen, und das einzige Bestehende, Positive und Begehrte waren Speis, Trank und Liebe.« Vor dem Hintergrund des Leitmotivs der Labilität von Moral verpackt Bettauer den »Zeitgeist« der 1920er Jahre in Wien – die sozialen Umschichtungen, die erotische Scheinkonjunktur, den bourgeoisen Eskapismus und damit verbundenen Klagen über den moralischen Verfall – in eine kleine, einfache Geschichte. Er arbeitet dabei, wie in vielen anderen seiner Texte, mit zugespitzen Übertreibungen und Klischees, die uns heute befremdlich erscheinen. Die Beschreibung des jüdischen Rechtsanwaltes Löwenwald etwa spielt mit dem

Klischee des »Jüdischen« auf eine Weise, die an rassistische Hetzschriften jener Zeit erinnert. Auch werden Frauen in »Hemmungslos« so beschrieben, als wären sie Preiskühe auf einem Viehmarkt, sie sind für Isbaregg vor allem »rassige und pikante« Objekte der Begierde und potentielle Geldgeberinnen. Isbaregg hingegen wird als »schöner, großer Mann« mit »schlankem, sehnigem Körper« und »erotisch brünettem Gesicht« beschrieben, dem keine Frau widerstehen könne. Bei diesen stereotypen Beschreibungen gilt es zu bedenken, dass Bettauer erstens mit einem gewissen Augenzwinkern klischeehafte Vorstellungen seiner Zeit verarbeitet und zweitens einen ganz anderen Erfahrungshorizont hat als wir heute. Hugo Bettauer wurde 1925 von einem jungen Nazi erschossen – er wusste nie etwas von der Katastrophe des 20. Jahrhunderts und den Verbrechen, die die Gesinnungsgenossen seines Mörders 15 Jahre später verübt haben.

Obwohl der Erfahrungshorizont der LeserInnen sich stark verschoben hat, viele von Bettauers Formulierungen heute unpassend wirken und die erotischen Nebenhandlungen heute bestenfalls ein müdes Lächeln provozieren, ist »Hemmungslos« auch heute noch ein Buch, das unterhält und gleichzeitig zum Nachdenken anregt. Denn auch wenn das Wien des Jahres 2009 nicht jenes aus den 1920er Jahre ist, leben wir auch heute in einer Zeit der »Unsicherheit der wirtschaftlichen und politischen Verhältnisse«, in einer Zeit der Krisen und der Relativierung moralischer Vorstellungen. Auch heute wird vielerorts der »moralische Verfall« angeprangert und für dies und jenes verantwortlich gemacht. Vor diesem Hintergrund ist eine der Kernaussagen von »Hemmungslos« auch heute noch von Bedeutung: Moral ist nicht absolut, sondern eine Frage gesellschaftlicher Umstände.

Peter Larndorfer

REVISITED im Milena Verlag
'Literarische Schätze wieder ausgehoben

LANGSTON HUGHES
SIMPEL SPRICHT SICH AUS
Roman
Aus dem Amerikanischen
von Evelyn Steinthaler
Mit einem Nachwort
von Dietrich Kuhlbrodt

RASENDE DIALOGE IM SLANG UND MIKROKOSMOS VON HARLEM, NEW YORK CITY.

Harlem, in den ersten Nachkriegsjahren. Jesse B. Semple, von Freunden „Simpel" genannt, läuft alle paar Tage seinem Freund über den Weg. Egal ob an der Theke der Wishing Well Bar oder Ecke Lennox, 135. Straße, es gibt immer viel zu besprechen. Ob nun Krieg oder Liebe die Themen der Dialoge sind, auf eine gehörige Portion Kritik an Unterdrückung und Diskriminierung der afroamerikanischen Bevölkerung verzichtet Simpel nie.

Ein afroamerikanischer Simplicissimus: In Zeiten von Obama eine höchst spannende Figur …
DER SPIEGEL

Hughes gelingt es, (…) ein anschauliches Bild von Harlem in den ersten Nachkriegsjahren zu zeichnen.
JUNGLE WORLD

265 S., gebunden / EUR 19,90 / ISBN 978 3 85286 172 2

Gedruckt mit freundlicher Unterstützung durch

WIEN KULTUR

Bibliografische Information Der Deutschen Bibliothek
Die Deutsche Bibliothek verzeichnet diese Publikation in der Deutschen Nationalbibliografie; detaillierte bibliografische Daten sind im Internet über http://dnb.ddb.de abrufbar.

Umschlaggestaltung: Jörg Vogeltanz, www.prequel.at
Druck und Bindung: Interpress, Budapest

A–1080 Wien, Wickenburggasse 21/1-2

www.milena-verlag.at
ISBN 978-3-85286-177-7